睦月影郎

快楽デパート

実業之日本社

JN150952

実業之日本社文庫

快楽デパート　目次

快楽デパート

第一話　新人デパガの蜜

1

「有難うございました――」

次郎《じろう》は、最後の客たちを送り出して言い、胸に迫る万感の思いを受け止めながら、閉まっていくシャッターを眺めた。

もう二度と、客を迎えることもない。

都下の中堅都市にあり、六十三年も続いたまほろばデパートは、今日で閉店なのである。

そしてデパートと同じく、六十三歳になる小川次郎も今月を以《もっ》て定年退職であった。

今月と言っても残り一週間、各店舗の立ち退《の》きを監督するだけである。

地道な四十年の勤務の中、特に功績を挙げることもなく、最後まで平社員だったが、現スタッフの中では最長老なので、それなりに大切にされてきた。

他の社員たちは、明日からの新天地への希望に燃えていることだろう。

次郎も再就職のため、誘ってくれる知り合いの企業があるにはあるが、しばらくは旅でもしてのんびりしようと思っていた。

デパート勤務だから土日が休めず、今まで一人息子の相手などろくにしてやれなかった。それでも四十年のうちには小さいながら一軒家を持ち、今は孫も出来て、それなりに平穏な暮らしをしていた。

デパート内は、やがてエスカレーターが止まり、売り場の灯《あか》りも消され、他のスタッフも挨拶をして退社していった。

（来月は取り壊しか。名残《なごり》惜しい……）

次郎は思いながら、エレベーターではなく階段を使って三階まで上がった。階段の手すりも窓枠も、なかなかに凝った細工が施されている。

しかし老朽化の波には勝てず、消防法やら地震対策などで、とうとう取り壊しが決まったのである。

デパートは七階建て。地下は食料品で、一階が化粧品と靴。二階は婦人物で三階が紳士服。四階に大きな書店が入り、五階は呉服に食器にギャラリー。六階に玩具とCD屋があり、七階は食堂街。屋上にはペットショップ。以前は子供用のゴーカートやメリーゴーランドまであったのだ。

かつてデパートと言えば、子供から老人まで、休日は一日中楽しめる場所であった。

しかし今は町にコンビニやスーパーが台頭し、商店街の衰退とともに、デパートもこの町から姿を消すことになってしまったのである。

出勤はまだ残り数日あるが、店舗の撤退を見守るのは寂しいものだ。やはりデパートは客が入ってこその存在なのだということが身に沁《し》みて分かった。

次郎は、もう誰もいない三階のスタッフルームに入った。

言うまでもなく、客からは見えない従業員用の事務スペースだが意外に広い。

彼は四十年馴染《なじ》んだオフィスを見回した。

もう大部分の社員は荷物を片付け、がらんとしていた。

次郎はすぐ帰る気にならず、隅にあるソファで休憩することにした。

すると、そこに巫女《みこ》の姿をした一人の女性がいたのである。

「やあ、由良子《ゆらこ》さん。まだいましたか」

「ええ、お疲れ様でした」

次郎が言って腰を下ろすと、由良子も笑みを浮かべて答えた。

彼女はエスカレーターの脇で、占いコーナーを長い間担当していた女性だ。長い黒髪に凛《りん》とした目鼻立ち、巫女の衣装が良く似合い、なかなか女性客には評判だった。

もう何十年前から占いコーナーにいるのか記憶が定かでなく、年齢も不詳だった。三十代なのか四十代なのか分からないが、見た目の美貌に惑わされ、歳《とし》などどうでも良くなってしまうほど妖しい雰囲気があった。

もちろん従業員である次郎は、一度も占ってもらったことはない。

「全ての建物には、家霊というものがあります」

唐突に、由良子が言った。

「はあ……、こんな大きなデパートでも、家霊と言うんですか」

「ええ、まほろばデパートの家霊が、小川《おがわ》さんにお礼を言ってます。隅々まで愛してくれたのは、あなただけだと」

「そ、そうですか、それは嬉《うれ》しい……」

「お礼がしたいので、一つ願いを叶《かな》えたいとも言っています」

言われて戸惑いながらも、次郎は占いなどあまり信じてはいなかった。

「いえ、もともと私など力不足で、取り壊しを阻止できなかったのだから……、それに平穏に暮らせさえすれば願いなど何も……」

「いいえ、あるはずです」

由良子がきっぱりと言い、切れ長の眼でじっと次郎を見つめた。

「奥様一筋で浮気心も抑え、上司の横暴にも泣き寝入りし、万事に地味に生きてきたことに後悔があるでしょう」

「い、いえ……」

次郎は、由良子の眼差《まなざ》しにタジタジとなりながら答えたが、ますます彼女は身を迫らせてきた。

「本来のあなたは、非常に淫気の強い人でしょう。構いませんよ。最後の営業日だった今日ぐらい」

由良子は言いながら、とうとう横からピッタリと彼に密着してきたではないか。

「い、いけません。由良子さん……」

次郎は、由良子の温《ぬく》もりと甘い匂いに声を震わせ、否応《いやおう》なく股間が熱くなってきてしまった。

「もう誰もいません。今日は自分を抑えることないのですよ。今まで何度となく、店内のあちこちで女子スタッフとセックスすることを妄想してきたでしょう」

由良子が、彼の心根を見透かしたように熱く囁《ささや》き、とうとう横から両手を回し、彼の頬に唇を押し付けてきたのだ。

確かに、今まで何度、デパートガールに手を出したいと思ってきたことだろう。

しかし生来臆病で、そのくせ由良子の言う通り淫気は強い方なので、オナニーだけは六十代の今も頻繁に行っている。

もっとも女房が、この十年ばかりさせてくれず、風俗へ行く度胸もないから仕方なく自分で処理してきたのであるが。

(今日ぐらい、構わないか。由良子さんも熱烈に迫ってきているのだから……)

次郎は、彼女の甘い匂いに酔いしれながら思うと、急激にペニスがムクムクと痛いほど突っ張ってきてしまった。

そして、とうとう由良子が彼にピッタリと唇を重ねてきたのである。

考えてみれば、女房以外とキスするなど、これが生まれて初めてのことであった。

2

「ンン……」

由良子が熱く鼻を鳴らし、密着した唇を開いて舌を挿し入れてきた。

次郎は滑らかに蠢《うごめ》く美女の舌を舐《な》め回し、生温かな唾液のヌメリに陶然となりはしたものの、自分の汗や口臭や加齢臭が気になった。だが、由良子は一向に構わぬ様子で、執拗《しつよう》に唇を密着させ、チロチロと舌をからめていた。

さらに由良子はズボンの上から彼の強《こわ》ばりに手を這《は》わせはじめ、しかも手探りでファスナーを下ろし、ペニスを引っ張り出そうとしてきたのだった。

ようやく唇が離れると、もう次郎も覚悟を決めて自ら腰を浮かせ、下着ごとズボンを膝まで下ろしてしまった。

すると由良子が移動して床に膝を突き、彼の股間に顔を寄せ、やんわりと幹を握ってきたのである。

「硬いわ……」

ニギニギと弄びながら言うなり、彼女は包皮を剝《む》いてクリッと亀頭を露出させ、尿道口にチロリと舌を這わせてきた。

「ああ……」

次郎は唐突な快感に喘《あえ》ぎ、浅く座ってペニスを突き出しながら、されるままじっとしていた。

由良子は彼の股間に熱い息を籠もらせながら、張り詰めた亀頭全体をしゃぶり、そのままスッポリと根元まで呑《の》み込んでいった。

生温かく濡《ぬ》れた美女の口腔に深々と含まれ、彼はムクムクと最大限に膨張し、夢のような快感に包まれた。

由良子は口を丸くして幹を締め付けて吸い、クチュクチュと舌をからめ、勃起した肉棒を清らかな唾液にまみれさせた。

さらに顔全体を上下させ、濡れた口でスポスポと摩擦を開始すると、

「い、いきそう……」

急激に絶頂を迫らせた次郎が言うなり、彼女はスポンと口を引き離して身を起こした。

そして朱色の袴《はかま》の裾をめくり、白くスラリとした脚を露《あら》わにし、跨《また》がろうとし

てきたのである。どうやら挿入してくれるらしい。

「ま、待って、僕も舐めたい……」

次郎が言って彼女の身体《からだ》を引き寄せると、由良子も彼を跨ぎ、スックと立って大胆にも股間を突き出してくれた。

めくれた裾に潜り込んでいくと、彼女は下着も着けておらず、ムッチリした内《うち》腿《もも》の付け根に楚々《そそ》とした茂みが煙っていた。

鼻を擦《こす》りつけて嗅ぐと、生ぬるく甘ったるい汗の匂いが馥郁《ふくいく》と籠もって鼻腔を刺激してきた。

胸を満たしながら割れ目を舐めると、はみ出した陰唇はヌルッとして熱い愛液が舌の動きを滑らかにさせた。

舌を挿し入れて柔肉と膣口《ちつこう》の襞《ひだ》を掻《か》き回し、味わいながらゆっくりクリトリスまで舐め上げていくと、

「アアッ……！」

由良子が熱く喘ぎ、さらにグイグイと彼の鼻と口に股間を押しつけてきた。

女性のナマの味と匂いも初めてだった。

「ど、どうか後ろを向いてお尻を突き出してください」

充分に割れ目の味と匂いを堪能《たんのう》してから、顔を離して言うと、由良子もすぐに袴の紐《ひも》を解いて脱ぎ去り、後ろを向いて裾をからげ、彼の顔に向けて尻を突き出してくれた。

白く豊満な尻が目の前いっぱいに迫り、次郎は興奮を抑えながら両方の指でムッチリと谷間を広げた。

奥には、可憐《かれん》な薄桃色の蕾《つぼみ》がひっそり閉じられ、鼻を埋め込むと、顔中に柔らかく弾力ある双丘が密着してきた。

蕾には淡い汗の匂いに混じった微香が蒸れて籠もり、次郎は美女の尻の匂いを貪りながら舌を這わせた。

細かに震える襞を濡らし、ヌルッと潜り込ませて滑らかな粘膜を探ると、

「く……」

前屈《まえかが》みになりながら由良子が呻《うめ》き、キュッと肛門《こうもん》で舌先を締め付けてきた。そして次郎が執拗に内部で舌を蠢かせると、

「も、もういいでしょう……」

前も後ろも舐められた由良子が堪《たま》らず言って、尻を離して再び向き直った。

さらに帯まで解いて着物をはだけ、そのましゃがみ込み、屹立《きつりつ》した先端に濡

れた割れ目を押し付けてきた。

息を詰め、ゆっくり腰を沈めていくと、勃起したペニスはヌルヌルッと滑らかに膣内に呑み込まれ、肉襞の摩擦と温もりに包まれていった。

「アアッ、いい……」

由良子が根元まで受け入れ、股間を密着させて喘いだ。

次郎もヌメリと締め付けの中、股間に美女の重みを受けながら快感を味わった。とうとう真面目《まじめ》一徹の自分が、オフィス内で美女と交わってしまったのだ。

由良子は熱い息を弾ませてすぐにも腰を遣い、張りのある乳房を彼の顔に押し付けてきた。次郎も両手を回し、目の前に迫るピンクの乳首にチュッと吸い付き、顔中を柔らかな膨らみに押し付けながら、もう片方にも指を這わせた。

「ああ、もっと……」

由良子が喘ぎながら腰を上下させはじめ、強烈な摩擦を開始した。

溢《あふ》れる愛液で律動が滑らかになり、次郎も左右の乳首を含んで舐め回し、着物の内から漂う甘ったるい汗の匂いに高まっていった。

彼もズンズンと股間を突き上げると、大量の愛液がクチュクチュと淫らな摩擦音を響かせ、溢れた分が彼の陰嚢《いんのう》から肛門の方にまで生温かく伝い流れてきた。

さらに彼は白い首筋を舐め上げ、再び唇を重ね、舌をからめながら互いの股間をぶつけ合った。

「い、いく……！」

すると、たちまち由良子が淫らに唾液の糸を引いて口を離し、熱く口走った。同時にガクガクと狂おしい痙攣《けいれん》を開始し、本格的なオルガスムスに達してしまったようだった。

次郎も、彼女の口から吐き出される熱く湿り気ある息の甘い匂いに高まり、続いて絶頂に達してしまった。

「く……！」

突き上がる快感に呻きながら、ありったけの熱いザーメンをドクンドクンと勢いよくほとばしらせると、

「アア、熱いわ、もっと……！」

噴出を感じた由良子が、駄目押しの快感を得たように言った。

「お願い、我慢せず思いのままに生きて、まほろばを救って……」

由良子が、意味不明のことを言ったが、とにかく次郎は最後の一滴まで出し尽くし、うっとりと余韻に浸り込んだのだった……。

3

（あれ……、ここは……？）

次郎が我に返ると、目の前から由良子が姿を消していた。

生まれて初めて女房以外の女性を抱き、舞い上がった挙げ句に気を失い、その間に由良子は帰ってしまったのだろうか。

いや、ズボンに乱れはない。しかも窓の外は明るいではないか。

（まさか、一晩過ごしてしまったのか……）

次郎は驚いて立ち上がったが、何やら全身が軽かった。腹を探ると、太鼓腹がすっきりと引き締まり、スーツも若々しい色合いになっている。

「え……？」

オフィスにあるカレンダーを見ると、昭和五十三年（一九七八年）になっていた。

洗面所に行き、鏡を見ると、何と薄かった髪が甦《よみがえ》り、自分の顔が若々しく変化しているではないか。

（まさか、ここは四十年前……？）

次郎は思った。それなら自分は入社したばかりの二十三歳ということになる。

と、そのときオフィスに、ドヤドヤと人が入ってきたのだった。戻ってみると、

「おう、おはよう。さすがに早いな、新人」

かつての上司、課長の上田明夫《うえだあきお》が若々しい顔で言った。

「お、おはようございます」

次郎は戸惑いながらも、他の面々の顔を見て懐かしい思いに包まれた。

みな、次郎の入社当時の上司や同僚たちである。さらに、メガネ美人である部長の花村亜紀子《はなむらあきこ》も入ってきた。

「今日から入った小川さんね」

亜紀子が言う。このとき彼女は三十九歳。

「はい、よろしくお願いします」

次郎は答え、夢を見ている思いで、今日が四十年前の、出社第一日めであることを確信したのだった。

（由良子さんの妖術で過去に戻り、今度は我慢せずに、思い切った人生を送ることになるのか……）

次郎は思い、とにかく自分のデスクに腰を下ろした。

ポケットを探ったが、もちろんスマホなどはなく、財布には一万六千円ぐらい入っていたが、一万円札と五千円札の肖像は聖徳太子、千円札は伊藤博文《いとうひろぶみ》、まだ五百円玉は発行されておらず、岩倉具視《いわくらともみ》の五百円札だった。

二十三歳のこの時点では、次郎は両親と暮らしており、三つ上の兄は銀行員で地方に行っている。

そして次郎の未来の妻になる良枝《よしえ》は二歳下で、すでに大学時代に知り合っていた。もう付き合って二年になるのでセックス体験はしているし、このまま二年後の結婚まで順調にいくことだろう。

（でも、もしこれが夢でないのならば、良枝以外の女性とも懇ろになりたい……）

次郎は思った。もちろん二度目の人生だから、他の女性との結婚だって有り得るのだろうが、やはり一人息子や可愛《かわい》い孫にも会いたいので、良枝と結婚した方がいいだろう。

しかし我慢せず、他の女性とも出来るときにしてみたいと思った。

と、彼の隣のデスクに、やはり新人の秋野浩美《あきのひろみ》が座った。

彼女は短大を出たばかりで、まだ二十歳。少女の面影を残した愛くるしい子だが、結局三年余り勤めて結婚退職するのだった。

「じゃ、新人の二人は、課長と一緒に各階を回ってください」

亜紀子に言われ、次郎と浩美は明夫に連れられてオフィスを出た。

まだ開店前の九時なので客は入っていないが、各店舗のスタッフは揃《そろ》っている。

まず二人は、地下の食料品売り場を案内され、各店舗の人に挨拶をし、順々に上へと上がっていった。

次郎は、知っている人もいて仕事の内容も熟知しているので当然ながら覚えも早く、二十三歳にしては世慣れた感じで、意地の悪い明夫にも受けは良いようだった。

しかし引っ込み思案でオドオドした浩美は何度となく明夫を苛《いら》つかせ、注意ばかりされていた。

「おい、小川くん、彼女をしっかりサポートしてやれよ。可愛いだけじゃ務まらねえんだからな」

明夫が言い、舐めるように浩美の胸や尻を眺めた。まだパワハラだのセクハラだのいう言葉もなく、浩美は初出勤の緊張もあり、今にも泣きそうな顔つきになっていた。

「小川くんは子供の頃からこのデパートは来ていたんだろう。じゃあとは君が案内してやれ。そして客が入った様子も見学して、十一時頃に三階のオフィスに戻ればいい」

「分かりました」

次郎が答えると、そのまま明夫はさっさと戻ってしまい、あとは二人で上階を回ることになった。

「気にすることないよ。課長はああいう人なんだから」

「前から知ってるんですか？」

「い、いや、よくいるタイプだから」

次郎は答え、浩美も明夫がいなくなってほっとしたように、二人で書店から玩具売り場、食堂から屋上まで回った。

（そう、彼女は何となく僕に好意を寄せはじめたんだ。それなのに良枝がいるから何もせず……）

次郎は四十年前のことを思い出しながら、可憐な浩美をチラ見しながら屋上の風に吹かれた。

まだまだ活気のある時代だから、屋上は子供向けの遊具やゲームなどが並び、従業員も機器の準備をしていた。

浩美は三年後に職場結婚するので、この時点では彼氏もおらず、あるいはまだ処女かも知れなかった。昭和の時代には、まだまだ無垢《むく》なまま高校や短大を出る子が少なくなかったのである。

やがて十時の開店となり、また二人は屋上から順々に降り、客の入りを見て回った。

書店も賑《にぎ》わい、多くの人が読書を趣味としていた時代である。

しかし、まだ由良子の占いコーナーは見当たらなかった。

そして二人はオフィスに戻り、昼食は食堂街の一角にある社員食堂で済ませた。

やがて午後の仕事も順調にこなし、次郎も新人の頃に教わったことを思い出して勘を取り戻し、すっかりベテランのような雰囲気になってしまった。

閉館は六時で、次郎と浩美は退社した。夕食に誘うと彼女もついてきて、近くのファミレスで済ませた。

次の休館日の前日に、新人の歓迎会を開いてくれるらしい。

浩美は北海道出身で、今はアパートの一人暮らしである。

彼女との話の中で、今の流行も再確認できた。ピンク・レディーの最盛期で、キャンディーズの解散、相撲《すもう》は北《きた》の湖《うみ》の優勝、映画は『未知との遭遇』などだ。

「覚えることが多くて大変です。それに新人は、エレベーターガールをさせられるらしいけど、私に務まるかしら……」

「大丈夫だよ。僕が付いてるしね」

言うと、浩美も別れ難い気持ちになったのか、どちらからともなく二人で浩美のアパートへ行くことになってしまったのだった。

4

「いい部屋だね」

次郎は室内を見回して言い、浩美はお茶を入れてくれた。

「でも、短大のお友達とも散り散りになって寂しいです……」

二階建ての一階でワンルーム。キッチンは清潔で、六畳ほどの洋間にベッドと机、本棚などがあった。そして室内には、二十歳の女の子の匂いが甘ったるく籠もっていた。

次郎は激しい興奮に見舞われた。何しろ、もともと淫気の強い六十三歳だったのが、いきなり二十三歳の若い肉体を持ってしまったのである。

「あの、シャワー借りてもいいかな……」

「ええ、タオル出します」

ダメ元で言ってみると、浩美もすぐに応じて立ち上がり、新品のバスタオルを出すと、バスルームに入ってシャワーの湯を出してくれた。

どうやら肌を許してくれるらしい。処女にしても、二十歳なら好奇心もあり、初日での緊張の中いろいろ助けてくれた次郎への好意も高まっているようだ。

洗面所で手早く全裸になり、鏡を見ると、我ながら端整な顔立ちと引き締まった肉体をしていた。

一応洗濯機の中を見てみたが、浩美の下着などはなく空だった。次郎は彼女の歯ブラシを拝借し、バスルームに入った。

バスタブにシャワーの湯が注がれ、傍らには洋式便器があり、もちろんまだシャワートイレなどは付いていない。

次郎はバスタブに入って湯を浴びながら歯を磨き、石鹼《せっけん》を泡立てて腋《わき》や股間を念入りに擦り、さらに放尿も済ませた。

（二十歳の子を抱けるんだ……）

そう思うと、若々しいペニスは勢いよく急角度に勃起して、今にも暴発しそうなほど高まってきた。

何しろ気持ちは六十三歳なので、次郎にとって浩美は夢のように得がたい相手なのだった。

全身すっかり綺麗にして身体を拭き、腰にタオルを巻いて脱いだ服を持って部屋に戻ると、浩美はさっきのまま椅子に座っていた。

「ね、こっちへ来て」

服を置いた次郎がベッドに座って言うと、浩美もオズオズと移動して、隣に腰を下ろしてくれた。

腰タオルだけの男と密室で寄り添っているのだから、もう浩美もすっかり覚悟が出来たことだろう。

そのまま次郎が浩美の肩を抱いて顔を寄せていくと、彼女も素直に唇を受け止めてくれた。

柔らかな感触と、ほのかな唾液の湿り気が伝わり、次郎は感激と興奮に包まれた。

そろそろと舌を挿し入れ、滑らかな歯並びを左右にたどると、長い睫毛《まつげ》を伏せている浩美も、ようやく前歯を開いて侵入を許してくれた。中に潜り込み、生温かな唾液に濡れた舌をチロチロと探ると、それは実にトロリとして滑らかだった。

さらに舌をからめながら、ブラウスの胸に手を這わせると、

「アアッ……」

浩美が口を離して声を洩《も》らし、ビクリと反応して甘ったるい汗の匂いを揺らめかせた。

「大丈夫?」

「ええ……、キスしたの初めてだから……」

訊《き》くと浩美が小さく答え、やはり正真正銘の処女だったのだと次郎は舞い上がった。

「じゃ脱ごうか」

次郎は言って彼女のブラウスのボタンを外しはじめると、途中から意を決したのか浩美は自分で脱ぎはじめた。

本当はシャワーも浴びたいのだろうが、恥ずかしくて言い出せないのか、あま

りに緊張する状況で思いつかないのかも知れない。

次郎が腰のバスタオルを外すと、浩美もブラウスを脱いでブラを外し、意外にも豊かな膨らみを露わにした。

さらにスカートを脱ぎ、下着ごとパンストを下ろすと、たちまち一糸まとわぬ姿になってベッドに横たわった。

仰向《あおむ》けにさせ、清らかな胸に屈み込むと、若々しい張りのある膨らみが息づいていた。

乳首も乳輪も実に綺麗なピンクで、彼は吸い寄せられるようにチュッと含んで舌で転がした。

「あん……」

浩美がビクリと肌を震わせて声を洩らし、くすぐったそうにクネクネと身悶《みもだ》えた。

次郎はコリコリと硬くなった乳首を舐め回し、顔中を押し付けて柔らかな感触を味わった。もう片方の乳首も含んで舐め回し、さらに腕を差し上げ、腋の下にも鼻を埋め込んでしまった。

スベスベのそこは生ぬるい汗にジットリ湿り、ミルクのように甘ったるい匂いが馥郁と籠もって鼻腔を満たしてきた。

「あう、ダメ……」

舌を這わせると、浩美がくすぐったそうに身を強ばらせて呻《うめ》いた。

次郎は充分に嗅いでから滑らかな肌を舐め下り、腹の真ん中に移動し、形良い臍《へそ》を舐めた。そしてぴんと張り詰めた腹の弾力を顔中で味わい、腰からムッチリした太腿に下りていった。

本当は早く肝心な部分を舐めたり嗅いだりしたいが、そうするとすぐ入れたくなり、あっという間に終わってしまうだろう。

せっかくの美しい処女なのだから性急にならず、隅々まで味わわないと勿体《もったい》なかった。

次郎はスベスベの脚を舐め下り、足首まで行くと足裏に回り込み、踵《かかと》から土踏まずを舐め、縮こまった指の股に鼻を割り込ませて嗅いだ。

そこは初日の緊張でジットリ汗と脂に湿り、蒸れた匂いが濃く沁み付いていた。

彼は処女の足の匂いを胸いっぱいに嗅いでから、爪先にしゃぶり付いていった。

5

「あう……、くすぐったい……」

指の間に舌を割り込ませて味わうと、浩美がクネクネと身をよじって呻き、唾液に濡れた足指で次郎の舌を挟み付けてきた。

彼は両足とも全ての指の間をしゃぶり、味と匂いが薄れるほど貪り尽くしてしまった。

そして浩美を大股開きにさせ、脚の内側を舐め上げて股間に顔を進めていった。

白く張りのある内腿を舌でたどると、割れ目から発する熱気と湿り気が顔を包み込んできた。

中心部に目を凝らすと、神聖な丘には楚々とした恥毛がふんわりと煙り、割れ目からはみ出したピンクの花びらが蜜にヌメヌメと潤っていた。

そっと指を当てて陰唇を左右に広げると、

「あう……」

触れられた浩美が小さく呻き、ヒクヒクと下腹を波打たせた。

中も綺麗なピンクの柔肉で、無垢な膣口が花弁のように襞を入り組ませて息づき、ポツンとした尿道口もはっきりと確認できた。

妻の良枝は、明るいところでなど見せてくれたことはなかったので、これほどじっくり観察するのは初めてのことだ。

包皮の下からは、小粒のクリトリスがツヤツヤと真珠色の光沢を放ち、精一杯ツンと突き立っていた。

何と美しくも興奮する眺めだろう。

もう堪らず、次郎は顔を埋め込み、柔らかな若草に鼻を擦りつけて嗅いだ。

隅々には生ぬるく甘ったるい汗の匂いが籠もり、それにほのかなオシッコの匂いと、処女特有のチーズに似た恥垢《ちこう》臭も混じって、悩ましく鼻腔を刺激してきた。

「いい匂い」

「あん……！」

嗅ぎながら思わず言うと、浩美が激しい羞恥に声を洩らし、反射的に内腿でキュッときつく彼の両頰を挟み付けてきた。

そのまま次郎はもがく腰を押さえ、舌を這わせていった。

滑らかなヌメリは淡い酸味を含み、彼はクチュクチュと処女の膣口の襞を掻き回し、味わいながらゆっくりとクリトリスまで舐め上げていった。

「アアッ……！」

浩美が熱く喘ぎ、身を反らせながら内腿に力を込めた。やはりクリトリスが最も感じるようで、オナニーぐらい経験しているのかもしれない。

次郎は味と匂いを堪能してから、彼女の両脚を浮かせ、白く丸い尻の谷間に移動していった。

薄桃色の可憐な蕾がキュッと襞を閉じ、次郎が鼻を埋め込むと顔中に弾力ある双丘が密着してきた。

蕾には淡い汗の匂いに混じり、ほのかな微香も混じって悩ましく鼻腔を刺激してきた。

やはりシャワートイレも普及していない時代は、どんな美女でもナマの匂いを籠もらせているから彼の興奮も激しく高まった。

充分に嗅いでから舌を這わせ、ヌルッと潜り込ませて粘膜を探ると、

「く……！」

浩美は呻き、肛門でキュッと舌先を締め付けてきた。

次郎は内部で舌を蠢かせてから、ようやく脚を下ろし、再び割れ目に戻った。

すでにそこは清らかな愛液が大洪水になり、彼はヌメリをすすってクリトリスを舐め回した。

「も、もう堪忍……」

昭和の美女は声を震わせて言い、すっかり絶頂を迫らせたように激しく腰をよじった。

次郎も彼女の股間から這い出して添い寝し、ハアハアと荒い息遣いを繰り返している浩美の手を取り、強ばりに導いた。

すると浩美も、恐々《こわごわ》と幹に触れてきたが、次第に好奇心に突き動かされるように、やんわりと包み込んで観察するようにニギニギと動かしてくれた。

「ああ、気持ちいい……」

次郎は仰向けの受け身体勢になって喘ぎ、無垢な手のひらの中でヒクヒクと肉棒を震わせた。

さらに浩美の顔を股間へと押しやると、彼女も素直に移動してくれた。

大股開きになると彼女は真ん中に腹這い、顔を寄せてきた。セミロングの髪がサラリと股間を覆い、内部に熱い息が籠もった。

「おかしな形……」

浩美が呟《つぶや》くように言い、彼は熱い視線と息を受けて幹を上下させた。

次第に彼女も度胸が付いたように、幹から張り詰めた亀頭をいじり、さらに陰囊をいじって睾丸《こうがん》を確認し、袋をつまみ上げて肛門の方まで覗《のぞ》き込んできた。

もちろん昭和の処女とはいえ、男の仕組みの知識ぐらいは持っているだろう。

「ね、お口で可愛がって……」

言うと、浩美はためらいなく舌を伸ばし、粘液の滲《にじ》む尿道口を厭《いと》わずチロチロと舐めてくれた。

「あう……」

次郎は快感に呻き、無垢な舌の感触に身を震わせた。

浩美は、むしろ受け身になる羞恥より、積極的に行動して相手に悦《よろこ》んでもらう方が好きなのか、さらに愛撫《あいぶ》を強めてきた。

張り詰めた亀頭をしゃぶり、そのままモグモグとたぐるように根元まで呑み込んでいった。熱い鼻息が恥毛をそよがせ、幹を丸く締め付けて吸い、口の中ではクチュクチュと舌が蠢いた。

次郎が、快感にあわせて思わずズンズンと股間を突き上げると、

「ンン……」

喉を突かれた浩美が呻き、自分も顔を上下させて摩擦してくれた。たちまちペニス全体は清らかな唾液にまみれ、溢れた分が陰嚢にまで生温かく伝い流れてきた。

「い、いきそう。入れたい……」

絶頂を迫らせた次郎が言うと、浩美もすぐにチュパッと軽やかな音を立てて口を離してくれた。

そして浩美の手を引くと、彼女も前進して彼の股間に跨がってきた。

「私が上……?」

「うん、最初は痛いかも知れないので、自分で加減しながら動いてごらん」

言うと、すっかり浩美も覚悟を決め、自らの唾液に濡れた先端に割れ目を押し付けてきた。そして頬を引き締めて腰を沈め、ゆっくりと膣口に受け入れていった。

張り詰めた亀頭が潜り込んでしまうと、あとは大量のヌメリと重みに助けられ、ペニスはヌルヌルッと滑らかに根元まで呑み込まれていったのだった。

6

「アアッ……！」

完全に受け入れた浩美は、ぺたりと座り込んで股間を密着させ、顔を仰《の》け反《ぞ》らせて破瓜《はか》の痛みに喘いだ。

次郎も、きつい締め付けと肉襞の温もりと潤いに包まれながら懸命に暴発を堪《こら》えた。

（避妊せず、ナマで出しても大丈夫なんだろうか……）

ふと思ったが、そもそも四十年前の世界が夢のようなものなので、気にしなくても良いかも知れないと次郎は自分勝手に思った。

それに由良子の言葉では、まほろば百貨店が彼の願いを叶え、好き勝手に生きて良いと言っているのだから、未来が大きくマイナス方向に変わることはないのだろう。

もし変えるとしたら、百貨店が取り壊しにならないように次郎が努力する、その一点だけなのではないか。

あるいは由良子は、まほろばの化身だったのかも知れないと、次郎は今になって思えるのだった。

とにかく彼は、初体験で硬直している浩美を両手で抱き寄せた。

彼女も素直に身を重ね、息づくような収縮で、初めての男を味わっていた。

次郎は僅かに両膝を立てて彼女の尻を支え、処女の熱いほどの温もりときつい感触を味わった。

そして下からしがみつきながら、快感に我慢できず小刻みに股間を突き上げはじめた。

「あぁッ……！」

「大丈夫？」

「ええ……」

浩美が眉をひそめて喘ぐので気遣ったが、彼女も少々の痛みぐらい覚悟していたらしく健気《けなげ》に答えた。

それに何しろ愛液が大量だから、次第に動きも滑らかになり、クチュクチュと淫らに湿った摩擦音も聞こえてきた。

いったん動いてしまうと、あまりの快感に腰が止まらなくなり、このまま次郎はフィニッシュを迎えようと勢いを強めた。

浩美も、痛みは麻痺《まひ》したように強ばりを解き、彼に体重を預けながら荒い呼吸を繰り返していた。

喘ぐ口に鼻を押し付けると、熱く湿り気ある吐息が、甘酸っぱく鼻腔を刺激してきた。

可憐な娘は、食後だろうと唾液に浄化され、常に清らかな果実のような芳香になってしまうのかも知れない。

次郎は二十歳の美女の吐息で鼻腔を満たし、甘酸っぱい果実臭で胸をいっぱいにさせながら突き上げを速めていった。

「い、いく……！」

たちまち次郎は昇り詰めて口走った。若い肉体は、いくらも我慢できず、大きな絶頂の快感に全身を貫かれてしまったのだ。

身を震わせながら、熱い大量のザーメンをドクンドクンと勢いよくほとばしらせると、

「あう、熱い……」

噴出を感じた浩美が口走り、キュッときつく締め上げてきた。

次郎も快感に身悶えながら、気遣いも忘れて勢いよく股間を突き上げた。

そして美女のかぐわしい吐息を吸収しながら、心置きなく最後の一滴まで出し尽くしてしまった。

すっかり満足しながら突き上げを弱め、力を抜いていくと、

「ああ……」

浩美も精根尽き果てたように声を洩らし、グッタリと彼にもたれかかってきた。

まだ膣内は、息づくような収縮が繰り返され、刺激されるたび射精直後のペニスがヒクヒクと過敏に内部で跳ね上がった。

そして彼は、浩美の重みと温もりを受け止め、果実臭の息を嗅ぎながら、うっとりと快感の余韻に浸り込んでいったのだった。

「大丈夫……?」

「ええ……」

呼吸を整えて囁くと浩美も小さく頷《うなず》いた。

やがて彼女がそろそろと股間を引き離し、ゴロリと横になった。

入れ替わりに身を起こし、次郎は枕元のティッシュで手早くペニスを拭いてから彼女の股間に顔を寄せた。

可憐な陰唇が痛々しくめくれ、膣口から逆流するザーメンにうっすらと血の糸が走っていた。

それでも二十歳だから、それほど出血は多くなく、すでに止まっているようだ。

彼はティッシュを当てて優しく拭いてやり、再び添い寝して腕枕した。

「やっと、大人になれました……」

浩美が言う。後悔している様子はないので、次郎も安心した。

そして肌をくっつけ、甘い髪の匂いと温もりを感じているうち、次郎はすぐにもムクムクと回復してきてしまったのだ。

確かに、六十三歳ではせいぜい週に二、三回ほどのオナニーしかしていなかったが、二十三歳の頃は、日に二度三度と抜いていたものである。

当然、恋人の良枝は当時からあまりさせてくれなかったので、もっぱらオナニーだけだったが、それでも実に充実した射精ライフを送っていた。当時はまだビデオもなかったが、出はじめだったビニ本や、カセットテープの喘ぎ声、いや妄想だけでも充分に何度も抜けたのである。

「ね、指でして……」

次郎は添い寝しながら、再び彼女にいじってもらった。初体験を済ませたばかりなので、立て続けの挿入は酷だろう。

浩美も厭わず、まだ愛液とザーメンに湿っているペニスを握り、ぎこちなく愛撫してくれた。

次郎も快感を高めながら彼女に唇を重ね、甘酸っぱい息と清らかな唾液を貪りながら絶頂を迫らせていった。

「もっと唾を出して……」

言うと浩美も、懸命に唾液を分泌させては口移しにトロトロと注ぎ込んでくれた。

次郎は生温かく小泡の多いシロップを味わい、うっとりと喉を潤した。

さらに顔中も舐めてもらい、唾液でヌルヌルにまみれながらヒクヒクと幹を震わせた。

「これでいい？　強すぎないですか？」

「うん、すごく気持ちいい……」

「でも手が疲れてきたわ……」

「じゃお願い、お口でして……」

次郎が言うと、浩美もすぐに手を離して移動し、再び彼の股間に陣取って顔を寄せてきたのである。

7

「こうして……、私もしてもらったから」

と、浩美が言って次郎の両脚を浮かせた。

そしてためらいなく、彼の肛門にチロチロと舌を這わせて濡らし、さらにヌルッと潜り込ませてくれた。

処女を失ってしまうと、急に好奇心が前面に出て、大胆になってきたようだ。

「あう……！」

次郎は妖しい快感に呻き、美女の舌先を味わうようにモグモグと肛門で締め付けた。

実は良枝もしてくれたことはなく、ここを舐められるのは初体験であった。

何と興奮する感覚であろう。洗ったとはいえ、何しろ最も不潔な場所に、美女の最も清潔な舌が潜り込んでいるのである。

浩美は熱い鼻息で陰嚢をくすぐりながら、内部で舌を蠢かせてくれた。そのたび、完全に回復したペニスが内側から刺激されるようにヒクヒクと上下に震えた。

「そ、そこはもういいよ、有難う……」

次郎は申し訳ない快感に包まれながら言い、脚を下ろした。

すると浩美も舌を引き抜き、そのまま陰嚢を舐め回してくれた。二つの睾丸を転がし、袋全体が生温かな唾液にまみれた。

ここも、実に新鮮な快感があった。

やがて浩美は、鼻先で震えている肉棒の裏側を、ソフトクリームでも舐めるようにゆっくり舐め上げてきたのだ。

滑らかな舌が先端に来ると、まだザーメンの雫《しずく》に濡れているのも構わず浩美が舌を這わせ、そのままスッポリと根元まで呑み込んでくれた。

熱い息が股間に籠もり、次郎は快感に幹を震わせながら高まっていった。

浩美も自分から顔を小刻みに上下し、濡れた口でスポスポと強烈な摩擦を繰り返しはじめた。

「い、いきそう……」

次郎が警告するように言っても彼女は愛撫を止《や》めず、ますます吸引と舌の蠢きを強めてくれたのである。

彼はまるで、全身が縮小して美女のかぐわしい口に含まれ、唾液にまみれながら舌に翻弄されているような錯覚に陥った。

実は口内発射も、良枝は一度もしてくれていないのである。

(いいんだろうか、口に出して……)

次郎は思ったが、たちまち限界が来てしまった。そんなためらいと禁断の思いすら、快感に拍車をかけたのである。

「い、いく……、お願い、飲んで……」

とうとう昇り詰め、大きな快感に貫かれながら、その時ばかりは次郎も図々しく口走ってしまった。

同時に、立て続けの二度目とも思えない大きな快感とともに、大量のザーメンが勢いよくほとばしった。

「ク……、ンン……」

喉の奥を直撃され、浩美は驚いたように呻いたが、それでも吸引と摩擦、舌の蠢きは続行してくれた。

美女の清潔な口に、思い切り射精するのは何という快感であろうか。

確かにセックスで一つになるのは最高だが、こうした一方的な奉仕を受けるのは初めてなので、彼は溶けてしまいそうな快感に身悶えながら、とうとう最後の一滴まで絞り尽くしてしまった。

「ああ……」

出しきった次郎は精根尽き果てた思いで声を洩らし、全身の硬直を解いてグッタリと身を投げ出した。

すると、ようやく浩美も吸引と摩擦を止めて、亀頭を含んだまま口に溜《た》まったものをゴクリと一息に飲み干してくれたのである。

「あう……」

嚥下《えんげ》とともにキュッと口腔が締まり、彼は駄目押しの快感に呻いた。当然ながら出したものを飲まれることも初めてで、彼は感激に胸を震わせた。

飲み干した浩美はスポンと口を引き離し、なおも余りをしごくように幹を指で愛撫し、尿道口に脹《ふく》らむ雫まで丁寧に舐め取ってくれたのだった。

「あう……、も、もういいよ、どうも有難う……」

次郎が過敏に腰をくねらせながら言うと、やっと浩美も舌を引っ込め、大仕事でも終えたように太い溜息《ためいき》をついて、再び添い寝してきた。

次郎も荒い呼吸を繰り返しながら、年下の浩美に腕枕してもらい、甘えるように胸に抱いてもらった。

「気持ち良かったですか？」

「うん、すごく……。飲んで気分は悪くないかな？」

「平気です。少し生臭いけど嫌じゃないです」

言うと、浩美は答えながら優しく胸に抱き、彼の髪を撫《な》でてくれた。

どうも女性というのは、処女を失うと急に女神さまのように男を包み込んでくれるものなのかも知れない。

次郎は温もりに包まれて余韻に浸り、浩美の息を嗅ぎながら呼吸を整えた。彼女の吐息にザーメンの生臭さは残らず、さっきと同じ可愛らしく甘酸っぱい匂いがしていた。

「さあ、そろそろ帰らないと……」

「ええ、行ってしまうのは寂しいけど、小川さんも初日だから、ご両親が心配して待っているでしょう」

次郎が身を起こして言うと、浩美も物分かり良く答えた。

もうシャワーは浴びず、彼はそのまま身繕いをした。

「じゃ、また明日ね」

「ええ、気をつけて」

次郎が言うと、これからシャワーを浴びる浩美は全裸のまま玄関まで見送ってくれた。

アパートを出た次郎は足早に駅まで行き、公衆電話で家に電話をし、遅くなったことを言ってから電車に乗った。

(僅かの間に、由良子さんと浩美と二人としたんだ……)

電車に揺られながら、次郎は思った。もっとも由良子とは六十三歳の時に、浩美とは二十三歳の肉体で交わったのだが。

やがて帰宅すると、やけに若々しい両親が迎えてくれた。そして就職第一日目の報告だけしてシャワーを浴び、二階の自室に上がっていった。

今はなき実家なので、自室も懐かしい。

ベッドに机に、壁には薬師丸《やくしまる》ひろ子《こ》のポスター。机にあった週刊誌を見ると、この三月からバレンタインのお返しのホワイトデーが誕生し、池袋《いけぶくろ》サンシャイン60が開館、浅草《あさくさ》に二階建てバスが通り、隅田川《すみだがわ》の花火大会が十七年ぶりに復活。八重洲《やえす》ブックセンターが出来たなどと書かれていた。

(さて、明日起きたらどうなっているか……)

目覚めたら六十三歳に戻っているのか、それとも四十年前の世界が継続しているのか、一夜明けてみないと分からない。

普段ならオナニーしてから寝る習慣だったが、今夜はもう充分なので、すぐ灯りを消してベッドに横になった。

そして由良子や浩美の匂いや感触を思い出しながら、いつしか次郎は深い眠りに落ちていったのだった……。

第二話　美人上司の匂い

1

「いやあ、今まで何人もの新人を教育してきたが、小川くんほど覚えの早い人はいなかったなあ」

新入社員の歓迎会の居酒屋で、上機嫌の上田明夫課長が言った。

「本当、小川さんは入社早々ベテランのようでしたね」

部長の亜紀子も褒めてくれ、次郎は皆の注目を集めて面映《おもは》ゆかった。二十三歳の新人だが、実際には六十三歳、定年まで四十年も勤めた記憶を持っているのである。

そう、ここは四十年前の昭和五十三年。

いきなり次郎はタイムスリップし、未来の記憶を持ったまま若い肉体を手に入れてしまったのだ。

しかも同じ新入社員の浩美を抱いてしまい、その夜は若々しい両親のいる懐かしい実家で一夜を過ごした。

翌朝、また六十三歳の現実に戻ってしまうかと思ったが、ちゃんと二十三歳で目が覚めたのである。

とにかく次郎は、四十年前のこの世界で、今度は奔放に二度目の人生を楽しみ、やがて取り壊しになるまほろばデパートを存続させるよう尽力しなければならない。

この当時の居酒屋の飲み物は、まだ焼酎は主流ではなく、ビールのあとはウイスキーの水割りとなった。

もちろんカラオケボックスもなく、せいぜい一部のスナックなどに8トラの機械が置かれ、モニターもないので冊子の歌詞を見ながら歌う段階だった。

やがて歓迎会も、一次会だけでお開きとなった。

浩美は、もう一人の新人と一緒に帰ってゆき、次郎はこの時代の夜をもっと楽

しみたいので誰か仲間を物色していたところ、

「小川さん、ちょっと付き合って下さいな。まだ時間はあるでしょう?」

部長の花村亜紀子が話しかけてきた。

彼女は三十九歳で、子のいないバツイチだった。次郎より十六歳上なので、彼が四十四歳の頃に退職し、その美貌は何度も妄想オナニーに使わせてもらったものだった。

「はい、喜んで」

次郎は答え、もう他の社員も三々五々引き上げていったので、二人きりで駅の方へと歩いた。

「まだ入社して数日なのに、どうしてデパートのシステムとか詳しいの?」

歩きながら、まだ納得がいかないように亜紀子が言った。アップにした髪とスーツ姿が似合い、知的なメガネと意外な巨乳が魅力的だった。

「まほろばが好きなので。僕が生まれた年に建てられたし、小さい頃から何度も来ていますから」

「そう、それだけじゃなく覚えが早いわ。明日からでも、充分に上田課長の代わりが務まりそうよ」

「そんなことないです」

「彼女はいるの？」

「学生時代に知り合って、何となく婚約しているような子はいますが」

次郎は答えながら、まだこの時代で若い頃の良枝に会っていないなと思った。

どうせ結婚して飽きるほど長く暮らすのだし、それに相変わらず潔癖症で色々させてくれないだろう。

「そう、じゃ浮気は出来ないかな……」

「え……？」

亜紀子が寂しげに言うので、次郎は意外に思って聞き返した。

「すごく君に興味が湧いて、このまま帰るのが辛《つら》くなったものだから」

亜紀子がしんみりと言う。

知的で颯爽《さっそう》とした長身の上司だが、やはりバツイチ女としての悩みや疼《うず》きはあり、それが彼にとって二度目の人生では手に取るように分かった。

何しろ次郎の実際の歳《とし》は六十三であり、亜紀子は二回りも下の感覚なのである。

もちろん彼女もほろ酔いと、次郎の何となく普通と違う雰囲気で言った言葉なのだろうが、彼も激しく淫気を催してしまった。

「あ、あの、僕も部長に憧れてますので、今夜は一緒にどこか行きましょう。何でもします！」

次郎は勢い込んで言っていた。

「でも、彼女とはセックスもしているのでしょう？」

「そんな、あんまりさせてくれないので欲求不満なんです」

「まあ、じゃお互いに、したくても出来ないことをぶつけ合っても構わない？」

「もちろんです！」

少年のように元気よく答えると、亜紀子はクスッと笑い、

「あそこに入ってもいいかしら」

駅裏にあるラブホテル街を指した。

「はい、行きましょう」

「誰にも内緒よ」

「もちろんです」

次郎が答えると、急に亜紀子は足早になって一緒にラブホテルへと向かい、ためらいなく入っていった。

婚約時代の良枝と入ったことはあるが、そのとき以来なので迷っていると、亜

紀子が部屋のパネルを選び、フロントでキーをもらって支払いをしてくれた。

エレベーターに乗って三階まで上がり、部屋に入ってドアを内側からカチリとロックすると、密室になった興奮で彼は激しく勃起してきた。

「うわ、回転ベッド……」

「初めてなの？」

「え、ええ……」

次郎は珍しげに丸いベッドを見て、周囲や天井にもある鏡を見回した。

亜紀子がバスルームに行ってお湯を張って戻り、お茶を入れてくれた。

「じゃ僕、身体《からだ》を流してきますので」

次郎は言って背広を脱いで吊《つ》るし、脱衣所に入った。そこで全裸になり、シャワーを浴びて腋《わき》や股間を擦《こす》りながら歯を磨き、もちろん放尿も済ませておいた。

口をすすぎ全身を流してさっぱりすると身体を拭き、腰にバスタオルを巻いて脱いだものを持って部屋に戻った。

すると亜紀子も上着を脱ぎ、照明をやや暗めに調整して待っていた。

「じゃ、私も急いで浴びてくるわね」

「ま、待って下さい。自然のままの匂いを知るのが憧れなので、どうかそのままで」

次郎は必死に押しとどめた。

「まあ、彼女は洗わないとさせてくれないの？」

「ええ、ナマの匂いを知らないんです」

「でも、私だって恥ずかしいのだけれど」

「どうか、お願いします」

懇願すると、亜紀子も気が急《せ》くような欲望に負けたのか小さく頷《うなず》き、シャワーを断念して脱ぎはじめてくれたのだった。

2

「本当にいいの？　すごく汗ばんでいるけれど……」

亜紀子がモジモジしながら白く滑らかな熟れ肌を露《あら》わにしていった。

次郎も腰のタオルを外して布団をめくり、円形の回転ベッドに横になると、天井に若々しく勃起した自分が映った。

亜紀子も背を向けて脱いでいるが、何しろ鏡が多いので、見渡せば色々な角度の彼女を見ることが出来た。

しかし互いにほろ酔いだし、さらに悪酔いするといけないのでベッドを回すことは控えることにした。

やがて亜紀子がブラを外して巨乳を露わにし、最後の一枚を脱ぎ去った。

「あ、メガネだけはかけてください」

言うと、亜紀子も全裸にメガネをかけてすぐベッドに上がってきた。

「わあ、嬉《うれ》しい……」

次郎は言い、甘えるように添い寝した彼女に腕枕してもらった。

(わ、腋毛〜っ……！)

彼女の腋を見ると、楚々《そそ》とした腋毛が色っぽく煙り、次郎は内心で快哉《かいさい》を叫んだ。

この時代、ノースリーブを着る真夏以外は剃《そ》らない熟女も多かったのだ。

次郎は鼻を埋め込み、柔らかな腋毛に籠もる匂いを嗅ぎながら、巨乳に手を這《は》わせていった。

生ぬるく、ミルクのように甘ったるい汗の匂いが悩ましく鼻腔《びこう》を満たし、彼はうっとりと酔いしれた。

「いい匂い」

嗅ぎながら思わず言うと、亜紀子はクネクネと熟れ肌を揺らめかせながら熱く喘《あえ》いだ。

「あッ……！」

手のひらの膨らみは柔らかく、彼は硬くなった乳首をコリコリと指の腹でいじり、やがて美熟女の体臭で胸を満たしてから、顔を移動させていった。

チュッと乳首に吸い付いて舌で転がし、巨乳の感触を顔中で味わうと、

「ああ……、いい気持ち……」

亜紀子はすぐにも感じはじめて喘ぎ、両手で彼の顔をきつく抱きすくめてきた。

次郎も左右の乳首を順々に味わって舐《な》め回し、もう片方の腋にも鼻を埋《うず》めて濃厚な匂いに噎《む》せ返った。

そして白く滑らかな肌を舐め下り、形良い臍《へそ》を探り、張り詰めた下腹に顔中を押し付けて弾力を味わった。

豊満な腰からムッチリした太腿《ふともも》に下りると、亜紀子も仰向《あおむ》けで身を投げ出し、されるままになってくれた。

脛《すね》にもまばらな体毛があり、彼は昭和を感じるとともに、美貌と体毛のギャッ

プ萌《も》えに激しく興奮を高めた。

足首まで舐めて足裏に回り、踵《かかと》から土踏まずを舐め、形良く揃《そろ》った足指の間に鼻を割り込ませて嗅ぐと、そこはやはり汗と脂にジットリ湿り、蒸れた匂いが濃厚に沁《し》み付いて鼻腔を刺激した。

美熟女の足の匂いを充分に嗅いでから爪先にしゃぶり付き、順々に指の股にヌルッと舌を潜り込ませていくと、

「あう、駄目よ、汚いから……」

亜紀子が子供の悪戯《いたずら》でも叱るように呻《うめ》いて、唾液に濡《ぬ》れた足指でキュッと彼の舌を挟み付けてきた。

次郎は全ての指の間をしゃぶり尽くし、もう片方の脚も味と匂いを貪ってしまった。

「アア……、くすぐったいわ……」

次第に亜紀子も朦朧《もうろう》となって喘ぎ、少しもじっとしていられないようにクネクネと悶《もだ》え続けた。

ようやく顔を上げると、次郎は彼女をうつ伏せにさせた。

やはり長年の憧れの美女だから、隅々まで味わいたかった。

亜紀子も素直にゴロリと寝返りを打ち、彼は踵からアキレス腱《けん》を舐め上げ、脹《ふく》ら脛《はぎ》から汗ばんだヒカガミ、太腿から豊かな尻の丸みをたどっていった。

まだ谷間は後回しにし、腰から滑らかな背中を舐め上げていくと、ブラのホックの跡は汗の味がした。

「く……！」

背中も感じるらしく、亜紀子が顔を伏せたまま呻いた。

肩まで行って髪に鼻を埋め、甘い匂いを嗅いで、さらに耳の裏側の汗ばんだ匂いも貪った。そして再びうなじから背中を舐め下り、たまに脇腹に寄り道しながら、再び尻まで戻ってきた。

うつ伏せのまま股を開かせ、真ん中に腹這い、顔を寄せると白く豊満な双丘が迫った。

まるで巨大な肉マンでも二つに割るように、両方の親指でムッチリと谷間を広げると、奥にピンクの蕾《つぼみ》が、僅かにレモンの先のように肉を盛り上げて閉じられていた。

やはり可憐《かれん》な浩美とは違い、これもギャップ萌えで興奮が湧いた。

鼻を埋めると、顔中に双丘が心地《ここち》よく密着して弾み、汗の匂いに混じり、生々しい匂いも悩ましく鼻腔を刺激してきた。

美熟女の恥ずかしい匂いを胸いっぱいに嗅いでから、舌先でチロチロと襞《ひだ》を舐めて濡らし、ヌルッと潜り込ませて滑らかな粘膜を探ると、

「あう、駄目よ、そんなところ……」

亜紀子が顔を伏せて呻き、豊満な尻をクネクネさせながら、肛門《こうもん》でキュッときつく彼の舌先を締め付けてきた。

次郎は舌を蠢《うごめ》かせ、出し入れさせるように動かしてから、ようやく顔を上げ、再び彼女を仰向けに戻した。

そして大股開きにさせて顔を進め、滑らかな内腿を舐め上げ、熱気と湿り気の籠もる股間に迫っていった。

「アア……」

亜紀子が彼の熱い視線と息を感じ、喘ぎながらヒクヒクと白い下腹を波打たせた。

見ると、ふっくらした丘には黒々と艶のある茂みが情熱的に濃く密集し、下の方は愛液の雫《しずく》を宿していた。

肉づきが良く丸みを帯びた割れ目からはピンクの花びらがはみ出し、広げよう

とすると愛液でヌルッと指が滑った。

奥へ当て直して左右に開くと、中の柔肉もヌメヌメと熱く潤い、襞の入り組む膣口《ちつこう》が艶《なま》めかしく息づいていた。

小さな尿道口もはっきり見え、包皮の下からは小指の先ほどもあるクリトリスが、ツヤツヤと光沢を放ち、愛撫《あいぶ》を待つようにツンと突き立っていた。

もう堪《たま》らず、次郎は吸い寄せられるように顔を埋め込んでいった。

3

「アアッ……、いいの？　シャワーを浴びていないのに……」

亜紀子は朦朧としながらも、僅かに残る羞恥に声を洩《も》らし、逆に内腿はキュッときつく次郎の両頬を挟み付けてきた。

彼は柔らかな茂みに鼻を擦りつけ、隅々に籠もった匂いを貪った。

全体は腋に似た甘ったるい汗の匂いで、それに蒸れた残尿臭も悩ましく混じって鼻腔を刺激してきた。

舌を挿し入れ、膣口から湧き出す淡い酸味のヌメリを掻《か》き回し、味わいながら

ゆっくりクリトリスまで舐め上げていくと、

「あう、いい……！」

亜紀子がビクッと顔を仰《の》け反《ぞ》らせて喘ぎ、内腿に力を込めてきた。

次郎はもがく豊満な腰を抱え込んで押さえ、執拗《しつよう》にチロチロとクリトリスを刺激しては、泉のようにトロトロと溢《あふ》れてくる愛液をすすった。

「い、入れて……、お願い……」

すっかり高まった亜紀子が声を上ずらせてせがむと、次郎は顔を上げ、身を起こして股間を進めていった。

まだおしゃぶりしてもらっていないが、何しろ若い肉体だから、立て続けにも出来るだろう。受け身になるのは後回しとして、まずは股間を進め、先端を濡れた割れ目にこすりつけていった。

充分にヌメリを与えてから、張り詰めた亀頭をゆっくり膣口に潜り込ませていくと、

「アァッ……、いいわ、もっと深く……！」

亜紀子が僅かに眉をひそめ、何とも色っぽい表情で喘いだ。

そのままヌルヌルッと根元まで挿入すると、心地よい肉襞の摩擦とヌメリがペ

ニスを包み込み、彼は股間を密着させた。

脚を伸ばして身を重ねていくと、

「ああ、嬉しい……！」

亜紀子は両手を回して言い、久々らしい男を味わい、キュッキュッとペニスを締め付けてきた。

胸の下では巨乳が押し潰れて弾み、彼がズンズンと腰を突き動かしはじめると、恥毛が擦れ合い、コリコリする恥骨の膨らみも伝わってきた。

「アア、もっと突いて、強く何度も……！」

亜紀子も口走り、下から激しく股間を突き上げ、たちまち二人の動きがリズミカルに一致していった。

溢れる大量の愛液が律動を滑らかにさせ、クチュクチュと淫らに湿った摩擦音も響いてきた。

次郎も激しく高まりながら、上からピッタリと唇を重ねると、

「ンンッ……！」

亜紀子も熱く鼻を鳴らし、自分から舌を挿し入れてネットリとからみつけた。

彼は生温かく滑らかな唾液に濡れた舌を舐め回し、果ては股間をぶつけるよう

に激しく腰を突き動かした。

やはり処女だった浩美と違い、美熟女の場合は遠慮なく動けた。

「ああ、い、いきそう……！」

亜紀子が口を離し、淫らに唾液の糸を引きながら喘いだ。

喘ぐ口に鼻を押し込んで嗅ぐと、熱く湿り気ある息は微《かす》かにアルコールの香気を含み、白粉《おしろい》のように甘い匂いが含まれていた。

嗅ぐたびに甘美な悦《よろこ》びが胸に広がり、たちまち次郎は美熟女の匂いと肉襞の摩擦の中で昇り詰めてしまった。

「く……！」

突き上がる大きな快感に呻きながら、熱い大量のザーメンをドクンドクンと勢いよくほとばしらせると、

「い、いく……、アアーッ……！」

噴出を感じた途端、亜紀子もオルガスムスのスイッチが入ったように声を上ずらせた。

同時にガクンガクンと狂おしい痙攣《けいれん》を開始し、膣内の収縮も最高潮にさせながら乱れに乱れた。

次郎は溶けてしまいそうな快感を嚙《か》み締め、心置きなく最後の一滴まで出し尽くしていった。

「ああ……」

満足しながら声を洩らし、動きを止めてグッタリともたれかかると、

「す、すごかったわ……」

亜紀子も満足げに声を洩らし、熟れ肌の強《こわ》ばりを解いて力を抜き、グッタリと身を投げ出していった。

次郎は体重を預けて呼吸を整え、まだ名残《なごり》惜しげな収縮の中でヒクヒクと過敏に幹を跳ね上げた。

「あう、もう暴れないで……」

亜紀子も敏感になっているように呻き、幹の震えを押さえるようにキュッときつく締め付けてきた。

彼は力を抜いてもたれかかり、喘ぐ口に鼻を押し付け、熱く甘い息を嗅ぎながら、うっとりと快感の余韻を味わったのだった。

やがて身を起こし、そろそろと股間を引き離すと、

「もう浴びてもいいわね。起こして……」

亜紀子がティッシュの処理を省略して言い、手を伸ばしてきた。

次郎も手を握って支え起こし、ベッドを降りて一緒にバスルームに入った。

シャワーの湯で全身を洗い、広いバスタブの湯に一緒に浸《つ》かった。

「仕事もセックスも満点だわ……」

ようやくほっとしたように亜紀子が言い、湯の中で彼の股間を探ってきた。

「まあ、もうこんなに……」

ムクムクと回復しているペニスに触れ、彼女が驚いたように言った。

「ええ、一回じゃ治まらないです」

次郎は言って、一緒に湯から上がった。

「ね、ここに立って」

彼は床に座って言い、目の前に亜紀子を立たせた。そして片方の脚を浮かせ、バスタブのふちに乗せた。

「どうするの？」

「オシッコして下さい。綺麗《きれい》な人が出すところを見るのが憧れだったから」

「まあ……、そんなこと出来ないわ……」

「ほんの少しでもいいから」

次郎は興奮に、すっかり元の硬さと大きさを取り戻しながら、彼女の開いた股間に顔を埋めた。

湯に濡れた恥毛は、もう濃厚だった匂いも消えていたが、柔肉を舐め回すと、すぐにも新たな愛液が溢れてヌラヌラと舌の動きを滑らかにさせた。

「ああ……、舐められると本当に出ちゃうわ……」

刺激された彼女が言い、彼の頭に両手をかけて身体を支え、ガクガクと膝を震わせた。

「出して……」

彼が言ってなおもクリトリスに吸い付き、内部を舐め回すと、すぐにも柔肉が迫《せ》り出すように盛り上がった。

4

「あう、出るわ、いいの……？」

亜紀子が息を詰めて言うなり、はじめはチョロチョロと温かな流れがほとばしり、次郎の口に注がれてきた。

彼は受け止めながら味わうと、味も匂いも実に控えめで淡く、喉に流し込んでも何の抵抗もないのが嬉しかった。もちろん生まれて初めての経験である。

「アア……、こんなこと信じられない……」

亜紀子は喘ぎながら必死に止めようとしたようだが、意に反して放尿は勢いを付けていった。

口から溢れた分が温かく胸から腹に伝い流れ、すっかりピンピンに回復したペニスが心地よく浸された。

そしてピークを過ぎると、急に勢いが衰えて、やがて流れは完全に治まってしまった。

次郎は余りの雫をすすり、残り香の中で割れ目内部を舐め回した。すると新たな愛液が溢れて残尿を洗い流し、淡い酸味のヌメリが満ちていった。

「も、もうダメ、変になりそうよ……」

亜希子が声を震わせて言うなり脚を下ろすと、力尽きたようにクタクタと座り込んでしまった。

それを抱き留めて、彼はもう一度二人の全身にシャワーを浴びせ、支えながら立ち上がった。

身体を拭いて全裸のままベッドに戻ると、亜紀子もまたメガネをかけ、相当に興奮を高めているようだった。

「もう一度したいけれど、帰れなくなると困るので……」

「じゃ、指でして下さい」

また添い寝して腕枕してもらうと、亜紀子も強ばりを手のひらに包み込み、ニギニギと愛撫してくれた。

顔を抱き寄せて唇を重ね、舌を挿し入れて滑らかな歯並びを舐めると、亜紀子も開いて舌をからめてきた。

次郎は滑らかに蠢く舌を舐め回し、生温かくトロリとした唾液を味わった。

「もっと唾を飲ませて……」

口を触れ合わせたまま言うと、亜紀子も懸命に唾液を分泌させ、口移しにトロトロと注ぎ込んでくれた。

次郎は、小泡の多い粘液を味わい、うっとりと喉を潤した。

さらに彼女の口に鼻を押し込み、湿り気ある濃厚な吐息を胸いっぱいに嗅いで高まった。その間も、微妙なタッチの愛撫が続いていた。

「い、いきそう……」

メガネ美女の唾液と吐息、指の動きですっかり高まった次郎は顔を離して甘えるように言った。

「いいわ、じゃ私のお口に出して」

亜紀子も指を離して答え、身を起こして移動していった。

次郎が仰向けになると、彼女は大股開きにさせて腹這い、顔を寄せてきた。

「先にここからね。私もしてもらったから」

亜紀子は言い、彼の両脚を浮かせて尻の谷間に舌を這わせてくれた。

チロチロと肛門に舌が這い、ヌルッと潜り込んでくると、

「あう……！」

次郎は妖しく甘美な快感に呻き、キュッと肛門で美女の舌先を締め付けた。

天井の鏡には、仰向けの自分と、大胆に顔を埋める亜紀子の姿が映っていた。

亜紀子は熱い鼻息で陰嚢《いんのう》をくすぐりながら、内部で執拗に舌を蠢かせた。するときと勃起したペニスは、内側から刺激されるようにヒクヒクと上下した。

ようやく舌を引き離すと脚を下ろし、そのまま亜紀子は陰嚢を舐め回した。

二つの睾丸《こうがん》が転がされ、袋全体が生温かな唾液にまみれた。

「ああ……」

次郎は鏡を眺め、股間に美女の熱い息を籠もらせながら快感に喘いだ。

いよいよ亜紀子の舌先が、肉棒の裏側をゆっくりと滑らかに這い上がり、先端まで達した。彼女は小指を立てて幹を支え、粘液の滲《にじ》む先端をチロチロと舐め回し、張り詰めた亀頭をくわえ、スッポリと喉の奥まで呑《の》み込んでいった。

快感の中心部が、生温かく濡れた快適な口腔に根元まで捉えられた。

「ンン……」

彼女は喉につかえるほど深々と含んで熱く鼻を鳴らし、幹を口で丸く締め付けて吸い、息で恥毛をそよがせた。

口の中ではクチュクチュと舌が蠢き、たちまち彼自身は美女の清らかな唾液にどっぷりと浸った。

「ああ……」

快感に任せ、思わずズンズンと股間を突き上げはじめると、亜紀子も合わせて顔を上下させ、濡れた口でスポスポと強烈な摩擦を繰り返してくれた。

「い、いく……、アアッ……！」

とうとう次郎は二度目の絶頂に達してしまい、大きな快感に喘ぎながら、ドクンドクンとありったけの熱いザーメンをほとばしらせてしまった。

「ク……」

噴出を喉に受けて呻き、なおも亜紀子は舌の蠢きと吸引、唇の摩擦を続行してくれた。

天井の鏡で、自分のオルガスムスを見るというのも妙な気分だが、何しろ若々しいので別人のようだった。

やがて心ゆくまで快感を味わい、彼は最後の一滴まで出し尽くすと、満足しながらグッタリと身を投げ出した。

すると亜紀子も吸引と摩擦を止め、亀頭を含んだまま口に溜《た》まったザーメンを、ゴクリと一息に飲み干してくれた。

「あう……」

呑み込まれると同時に口腔がキュッと締まり、彼は駄目押しの快感に呻いた。

亜紀子もチュパッと口を離し、余りをしごくように幹を握って動かし、尿道口に脹らむ白濁の雫まで丁寧に舐め取ってくれた。

「も、もういいです、有難う……」

次郎はクネクネと過敏に反応し、降参するように言った。

やがて亜紀子も舌を引っ込めて添い寝し、彼の呼吸が整うまで腕枕してくれた。

「二度目なのに、濃くて多いわ。やっぱり若いのね」

亜紀子が、彼の髪を撫《な》でながら囁《ささや》いた。

次郎は美女の温《ぬく》もりに包まれながら、うっとりと余韻を噛み締めた。

亜紀子の吐き出す息にザーメンの生臭さは残らず、さっきと同じ上品な白粉臭がして、悩ましく鼻腔を刺激してきた。

5

「キャッ、ひったくりです……！」

いきなり一階のフロアで女性客の悲鳴が聞こえ、ちょうど通りかかった次郎はそちらへと走った。

すると正面から、貧相な中年男が女性もののバッグを抱え、まっしぐらに出口へと突進してきたではないか。

次郎は咄嗟《とっさ》に立ちはだかった。以前は無意識に動くような体力も度胸もなかったが、今は身軽だし、反射的に思い切り動くことが出来た。

「どけ……！」

男は叫んだが勢い余り、そのまま次郎に体当たりしてきた。そのまま抱え込んで一緒に倒れ込むと、すぐにも警備員が駆けつけて男を取り押さえてくれた。

ふと感じた甘い匂いに顔を上げると、

「大丈夫ですか」

紺色をした警備員の制服を着ているのは、何と女性であった。三十歳前後か、きりりとした濃い眉に引き締まった表情をした美形である。胸の名札を見ると、根本冴子《ねもとさえこ》と書かれていた。

「ああ、警察を」

「いま呼んでます」

彼が身を起こしながら言うと、別の店員が答えた。

冴子は、見事に男の腕を逆に決めながら引き立たせ、追ってきた女性客にバッグを返した。どうやら武道の心得があるようで、次郎は引ったくり犯を捕まえたことよりも、冴子の美貌と甘ったるい汗の匂いに興奮してしまった。

「とにかく事務室へ」

あまり客前に晒《さら》したくないので、次郎が言うと冴子も男を後ろ手に押さえながら、片隅にある事務室へと連行していった。

警備員と言っても、何しろデパートの客相手だから特殊警棒やスタンガン、捕縄などというものは所持していない。ただ店内を巡回し、胸のトランシーバーで事務室と連絡を取り合うだけだった。

「新人さん、お手柄ですね。この人は前にも万引きの疑いがあったので、どうも怪しいとマークしていたのですが、人混みの中で見失っていたんです」

冴子が次郎に言い、男はすっかり観念したように事務室の椅子でうなだれていた。

やがて警察が来て、男は前科があるということで、余罪を追及するため署へ連行されていった。

話を聞くと、冴子は三十歳の独身で、空手と合気道の有段者ということだった。帽子を取るとショートカットで、制服の胸の膨らみも艶めかしく、全身にバネが秘められているようなしなやかさが感じられた。

やがて次郎が三階のオフィスに戻ると、すでに聞いていたらしい亜紀子が言った。

「じゃ残業して、警備の仕事も一通り一緒に回って下さい。小川さんは幹部候補なので、全ての業務を把握してもらいたいので」

亜紀子は、先日のセックスなどなかったかのように事務的に言ったが、その眼《まな》差《ざ》しは熱っぽく、また快楽を分かち合いたいというような含みが感じられた。

次郎も家に電話をし、残業で遅くなることを親に伝え、夕方からは冴子と一緒に巡回をした。

閉館時間が近づくと、屋上から順に、残った客がいないか確認しながら降りて回る。

警備員は五人いるが、女性は冴子だけ。

そして閉館となれば、全ての出入り口にシャッターが降りるため、宿直の一人を残して他の警備員は帰る。

今夜は冴子が宿直だった。独身だし、案外警備の仕事が好きらしい。

「でも、勤めて五年になりますが夜間のトラブルは一件もありません」

デパートの裏口に面した警備員の事務室で冴子が言った。

確かに、誰も侵入できないのだから何もないだろう。

事務室の裏には、仮眠用のベッドとユニットバスもあった。

「じゃ、もう一度点検に回りますので」

全ての従業員が帰ってしまうと、冴子が言い、懐中電灯を持って立ち上がった。

一緒にエレベーターで屋上まで上がり、隅々まで見て回りながら、階段で順々に下りていった。

この広いデパートの中に美女と二人きりというのも、胸のときめく状況であった。

すでに閉館前にチェック済なので、ざっと見るだけで良いだろうに、冴子は実に真面目《まじめ》に巡回した。

「一人きりだと恐《こわ》くないかな?」

「恐くないです。洋品店のフロアだと、こんな服着てみたいなとか思ったりしますけど」

聞くと、冴子は歩きながら笑顔で答えた。

それでもあちこちに懐中電灯の光を当て、健気《けなげ》に見て回っていた。

誰もいない売り場は、昼間とは趣を異にし、懐中電灯の明かりに、並んだマネキンが不気味に照らされた。

「彼氏は?」

「みんな逃げちゃいます。私があんまり激しいから」

「そ、そうなの……?」

次郎は興味を惹《ひ》かれながら、やがて一階の事務室に戻った。夕食は、レストランの余り物を折詰めにしてもらっているらしい。

冴子も帽子を脱ぎ、懐中電灯を棚に戻し、ほっとしたように椅子にかけた。

「あとは夜中と早朝に回るだけです」

「そんな律儀にしなくても、何もないよ」

相手が三十歳だと、ついざっくばらんな口調になってしまったが、考えてみれば次郎は年上ではなく二十三歳なのだから気をつけなければいけない。

「ええ、でも仕事ですから」

冴子は言い、ポットから茶を入れてくれた。

「小川さんは、何時頃までいますか」

「ええ、女性を一人残すのは心苦しいけど、根本さんが夕食をする前には引き上げようと思います。それよりさっきの話に戻るけど、激しいって、その……」

次郎が股間を熱くさせて言うと、冴子が艶めかしい笑みを含んだ。彼女は彼女で、次郎を年下の新人坊やと思っているのだろう。

「試してみます？　もしかして相性が良いかも知れないわ」

冴子が言って立ち上がり、彼を奥の仮眠室に招いた。簡易ベッドと小型テレビのある小部屋だ。

「まさか童貞じゃないわよね。脱いで寝て」

密室に入ると、冴子が好奇心に目をキラキラさせて言い、自分も警備員の制服を脱ぎはじめたのだった。

6

(とうとう職場で……)

次郎も、興奮を抑えて脱ぎながら思った。

まあ六十三歳の時は、デパート内で由良子と交わってしまったが、それを切っ掛けに四十年前に戻ってきたのだ。

先に全裸になって仰向けになると、もちろんペニスは激しく勃起して天を衝《つ》いていた。

「すごい勃《た》ってるわ。ね、してほしいことある?」

制服から下着まで脱ぎ、一糸まとわぬ姿になった冴子は、警備員から一人の女に戻って言った。

乳房は亜紀子のような巨乳ではないが、形良く張りがありそうで、腹筋も段々が浮かび上がるほど引き締まっていた。

腕も長い脚も逞《たくま》しく、制服の内に籠もっていた汗の匂いが生ぬるく濃厚に小部屋に漂う。

「ここに立って、足を僕の顔に乗せて……」

恥ずかしい要求に幹をヒクつかせると、冴子も嬉々《きき》としてベッドに上ってきた。

「そんなことされたいの。いいわ」

冴子は次郎の顔の横に立ち、壁に手を突いて身体を支えながら片方の足を浮かせ、そっと足裏を彼の顔に乗せてきた。

次郎は美女の逞しく大きな足裏を受け止め、うっとりとなった。

「ああ、気持ちいい……」

「私も気持ちいいわ。こんなことするの初めてよ……」

彼が喘ぐと冴子も答え、恐る恐る力を入れて踏んできた。

次郎は足裏を舐め回し、太く頑丈に揃った足指の間に鼻を割り込ませ、汗と脂に湿ってムレムレになった匂いを貪った。

「嗅いでるの？　蒸れた匂いしない？」

「匂いが濃くて嬉しい……」

「変なの。でもオチ×チ×がピクピクして悦んでいるわ……」

冴子が言うと、彼は充分に嗅いでから爪先にしゃぶり付き、順々に指の間に舌を挿し入れて味わった。

「あう、くすぐったくて気持ちいい……」

冴子が脚をガクガクさせながら言い、次第に熱く息を弾ませていった。

充分に貪り尽くすと足を交代してもらい、次郎はもう片方の足も新鮮な味と匂いを堪能《たんのう》した。

「ね、跨《また》いでしゃがんで」

「舐めてくれるの？　シャワー浴びなくていいのね？」

真下から言うと冴子が念を押すように答え、彼の顔に跨がり、和式トイレスタイルでしゃがみ込んできた。

スラリと長い脚がM字になってムッチリと張り詰め、股間が彼の鼻先に迫ってきた。

僅かに陰唇がはみ出して開き、中のヌラヌラと潤う柔肉が覗《のぞ》いた。

指で広げると、息づく膣口に白っぽい粘液がまつわりついていた。何と目を見張るのは、親指ほどもある大きなクリトリスだった。

「大きいでしょう。レズ仲間からは、男の子みたいって言われるわ」

冴子が言う。

どうやら彼女はレズの気があるようで、独身なのも納得した。確かにボーイッシュで逞しい彼女は、宝塚《たからづか》のように女の子の憧れかも知れない。

次郎は腰を抱き寄せ、程よい範囲に茂る恥毛に鼻を埋め込んで嗅いだ。

生ぬるく甘ったるい汗の匂いが濃厚に沁み付き、オシッコの匂いも刺激的に混じって鼻腔を掻き回してきた。

胸いっぱいに嗅ぎながら舌を挿し入れ、淡い酸味のヌメリを味わいながら膣口から、光沢を放ち亀頭のように大きなクリトリスまで舐め上げていくと、

「アアッ、そこ……！」

冴子が熱く喘ぎ、遠慮なくギュッと彼の顔に股間を密着させてきた。

次郎は心地よい窒息感に噎せ返り、懸命に隙間から呼吸しては、濃厚な匂いを貪り、執拗にクリトリスを舐め回した。

さらに尻の真下に潜り込み、顔中に双丘を受け止めながら谷間の蕾に鼻を埋めて生々しい微香を嗅いだ。

そして舌を這わせてヌルッと潜り込ませ、滑らかな粘膜を探ると、

「あう、変な気持ち……」

冴子が呻きながら、モグモグと味わうように肛門で舌先を締め付けてきた。あるいは、ここを舐められるのは初めてかも知れない。

次郎は内部で執拗に舌を蠢かせ、甘苦い微妙な味わいのする粘膜を掻き回した。

すると冴子が、自分から股間を移動させ、再び大きなクリトリスを彼の口に押し付けてきたのだ。

美女が、自分から欲望と快楽の目的で行動するということに、彼はゾクゾクと興奮を高めた。

「そこ、噛んで……」

冴子が言い、次郎も前歯でそっとコリコリと大きな突起を刺激してやった。

過酷な稽古に明け暮れてきた彼女は、ソフトな愛撫より痛いぐらいの刺激の方が好みなのだろう。

「あう、もっと強く……」

彼女がせがむので、やや力を込めてクリトリスを刺激すると、大量の愛液がトロトロと溢れ出してきた。

「アア、いい気持ちよ、いきそう……」

冴子がグイグイと押しつけながら言ったが、ここで果てるのを惜しんだか、自分から股間を引き離してきた。

移動して彼の股間に屈《かが》み込むと、張り詰めた亀頭にしゃぶり付き、モグモグとたぐるように根元まで呑み込んでいった。

「ああ……」

次郎は快感に喘ぎ、まさか嚙まれないだろうなというスリルの中でヒクヒクと幹を震わせた。

冴子は深々と含んで鼻息で恥毛をくすぐり、幹を締め付けて強く吸い付きながら舌をからめた。

さらに顔を小刻みに上下させ、スポスポと強烈な摩擦を開始した。

「アア、気持ちいい……」

次郎は急激に高まって喘ぎ、唾液にまみれた肉棒をヒクヒク震わせた。

「いきそう……」

警告を発するように言うと、すぐにも冴子はチュパッと口を離して身を起こし、

「いい？　入れるわ……」

言うなり自分から前進し、ペニスに跨がってきた。そして先端に割れ目を押し付け、位置を定めると一気にヌルヌルッと根元まで受け入れていった。

7

「ああッ……、いい気持ち……！」

完全に座り込み、股間を密着させた冴子が顔を仰け反らせて喘いだ。

そして若いペニスを味わうようにキュッキュッと締め付け、さらにグリグリと股間を擦り付けてきた。

次郎も肉襞の摩擦と熱いほどの温もり、ヌメリと締まりの良さに包まれ、懸命に暴発を堪《こら》えた。

すると冴子が身を重ね、彼の顔に胸を突き出してきた。吸えというのだろうが、積極的に求めてくるのが小気味よかった。

次郎も顔を上げ、チュッと乳首に吸い付いて舌で転がすと、冴子は彼の顔中に膨らみを押し付けてきた。

彼は甘ったるく濃厚な汗の匂いと心地よい窒息感に噎せ返りながら、懸命に舐め回して吸った。

　もう片方の乳首も含んで舐め回し、さらに彼は冴子の腋の下にも鼻を埋め込んだ。

　そこはスベスベだがジットリと汗に湿り、さらに濃厚な匂いが籠もって鼻腔を掻き回してきた。

「アア……、気持ちいい……」

　冴子は喘ぎながら徐々に腰を動かしはじめ、彼もしがみつきながらズンズンと股間を突き上げた。

　たちまち二人の動きがリズミカルに一致し、大量に溢れる蜜で滑らかに動き、ピチャクチャと湿った摩擦音が聞こえてきた。

　愛液が彼の陰嚢を濡らし、生温かく肛門の方にまで伝い流れ、いったん動くと互いの腰が止まらなくなってしまった。

　次郎が唇を重ねると、

「ンンッ……！」

　冴子も熱く息を籠もらせながら長い舌を潜り込ませ、彼の口の中を隅々まで舐め回してくれた。

次郎も滑らかに蠢く舌を味わい、生温かな唾液をすすって喉を潤した。

「ああ……、い、いきそうよ……」

冴子が口を離して喘ぎ、膣内の収縮を活発にさせてきた。

口から吐き出される息は火のように熱く、ほのかにシナモンに似た匂いが含まれ、悩ましく鼻腔を刺激してきた。これが彼女本来の匂いなのだろう。

次郎は熱くかぐわしい吐息を嗅いで鼻腔を湿らせ、さらなる刺激を求めた。

「ね、顔に強く唾を吐きかけて」

恥ずかしい要求に、愛液にまみれたペニスがヒクヒクと膣内で暴れ回った。

すると冴子も、喘いで乾き気味の口中に懸命に唾液を溜め、大きく息を吸い込みながら形良い唇をすぼめて迫ると、思い切りペッと吐きかけてくれた。

「ああ……」

悩ましい息の匂いとともに、生温かな唾液の固まりがピチャッと鼻筋を濡らし、頬の丸みをトロリと伝い流れた。

その甘美な感覚に、とうとう次郎は昇り詰めてしまった。

「い、いく……！」

彼は突き上がる大きな快感に口走り、同時に熱い大量のザーメンをドクンドクンと勢いよくほとばしらせ、柔肉の奥を直撃した。

「あう、出てるのね……」

噴出を感じながら冴子が言い、呑み込むようにキュッキュッと膣内を収縮させた。

次郎は激しく股間を突き上げ、心地よい摩擦の中で、心置きなく最後の一滴まで出し尽くしてしまった。

動きを止め、力を抜いてグッタリと身を投げ出し、冴子のシナモン臭の息を嗅ぎながら余韻に浸ると、

「私はまだいってないわ。もう一度中で勃たせなさい」

冴子が近々と顔を寄せ、怖い眼で睨《にら》みながら囁いた。

どうやら、これからが彼女の激しすぎるという本領が発揮されるのだろう。

「ああ、感じる。もっと叱って……」

次郎も、今までにない相手の雰囲気に興奮し、果てたばかりのペニスを内部でヒクヒクと上下させた。

「どうすれば元に戻るのか言いなさい」

「か、顔中舐めて唾でヌルヌルにして……」

次郎は、さらに恥ずかしい要求をしながら、すぐにもムクムクと中で元の硬さと大きさを取り戻しはじめた。

「嫌よ。嚙んでいいならするけど」

冴子が言い、大きく口を開いて彼の頰に歯を食い込ませてきた。

「あ、痕にならない程度に……」

次郎も甘美な刺激に回復しながら言ったが、さすがに冴子も歯形が付くほど強く嚙まず、甘嚙みしながら左右の頰や鼻の頭に歯を立ててきた。

「ああ、気持ちいい……」

次郎も悩ましい息の匂いの渦の中で喘ぎ、美女の頑丈な歯の刺激に高まってきた。

さらに彼女は耳たぶに強く嚙みつき、熱い息で耳の穴をくすぐった。

「つ、強すぎる……」

次郎は痛みに悶えながら言い、それでも回復したペニスでズンズンと小刻みな突き上げを再開させた。

「アア……、いいわ、元に戻ってる……」

冴子も合わせて腰を遣いながら喘ぎ、ようやく願いを叶《かな》え、彼の顔中に長い舌をヌラヌラと這い回らせてくれた。

舐めるというより、吐き出した唾液を舌で顔中に塗り付ける感じである。

顔中美女の生温かな唾液にまみれ、唾液と吐息の匂いに包まれながら、すっかり次郎も激しい動きを取り戻していった。

「アア……、感じる、いいわ……」

冴子も声を上ずらせ、激しく股間を擦り付けてきた。

愛液は泉のように湧き出して互いの股間をビショビショにさせ、とうとう冴子は身を反らせ、ガクガクと狂おしい痙攣を繰り返しはじめたのだった。

「い、いく……、ああーッ……！」

彼女が大きなオルガスムスの波に巻き込まれて喘ぎ、同時に次郎も立て続けの絶頂に達してしまった。

「く……！」

呻きながらドクドクと射精すると、

「あう、もっと……！」

噴出を受け止めながら冴子が呻いて身悶え、とうとう力尽きてグッタリともたれかかってきた。

次郎も絞り尽くして突き上げを止め、逞しい美女の重みと温もりを感じながら荒い呼吸を繰り返した。

「すごいわ、本当にいけたの初めて……」

冴子が体重を預け、息も絶えだえになって囁いた。

「これからも、お願い……」

彼女に言われ、次郎は満足感の中で、さらに激しい淫気をぶつけられるかと思って身震いしたのだった。

第三話　アイドルの淫欲

1

「じゃ小川くん、彼女が来たようだから屋上の方よろしく頼む」

上田明夫課長に言われ、次郎はすぐ屋上へと向かった。

彼女とは、デビューしたばかりの歌手、加藤《かとう》さやかのことだった。彼女はまだ十八歳で、駆け出しのためデパートの屋上でキャンペーンイベントをすることになっていた。

まだこの時点では普通の少女っぽく、パッとしないさやかだったが、デビュー半年後には爆発的な人気を博し、のちにＣＭや映画、バラエティなどで引っ張りだこになる子だということを、次郎は知っていた。

（加藤さやかに会えるなんて……）

愛くるしい顔が好みだった次郎は、彼女に会える喜びに胸を高鳴らせた。

そう、四十年前の昭和五十三年にタイムスリップしてきた次郎は、実際は六十三歳であり、その後のさやかのこともよく知っているのである。

彼女は何曲かヒット曲を出し、ドラマや映画に出て写真集が出て、やがて二十代半ばで業界人と結婚して引退。

そして三十代半ばで離婚して芸能界復帰、以前ほどの人気は無いにしても、コンスタントにメディアに出て、やがてヘアヌード写真集も出し、四十年後にはバラエティのご意見番のようなことをしていたのだった。

次郎が屋上に行くと、もうステージが出来上がり、さやかとスタッフも到着していた。

「お疲れ様です。よろしくお願いします」

次郎は挨拶し、チーフとマネージャーに名刺を渡した。

清楚《せいそ》な服装のさやかも笑顔で頭を下げ、その可憐《かれん》さに次郎も胸をいっぱいにさせた。

ショートカットで笑窪《えくぼ》が愛らしく、ブラウスの胸も、のちに巨乳になりそうな兆しを見せて息づいていた。

次郎が働くまほろばデパートには音楽関係者はいないので、今回はテープを流して口パクするだけである。

それでもさやかは少々緊張気味らしく、近くに寄ると生ぬるく甘ったるい汗の匂いがして、その刺激がゾクゾクと次郎の股間に響いてきた。

「日曜なので家族連れが多いです。どうか気楽にね、さやかちゃんは間もなくビッグなスターになる人だから」

「有難うございます」

言うと彼女も笑窪を浮かべて答え、力強く頷《うなず》いたのだった。見かけは美少女でも、やはり今後とも芸能界を生き抜くのだから、根性は据わっているのだろう。

やがて、さやかはスタッフと共にステージの様子を見たり音楽やマイクを調整してリハーサルをし、開店前には控え室で可愛《かわい》いドレスに着替えた。

そして開店直前には、一階の入り口前へ行って開店を待つ人たちにチラシを配り、今日のイベントの宣伝をした。

次郎も責任者として常にさやかに同行し、何かとさやかも、次郎にばかり話しかけてきた。まだ無名に近い駆け出しなのでスタッフも素っ気なく、それで次郎を頼りにしているのかも知れない。

間もなく開店となると、また彼はさやかたちと一緒に屋上へ戻ってきた。

徐々に客が集まってくると、サイン会とシングルレコードの発売が行われ、そして曲が始まると、次郎はスタッフルームへと引っ込んだ。

何やら彼女が失敗するのじゃないかと親心でハラハラし、とても会場にはいられなかったのだ。

その小部屋は、トイレも付いたさやかの控え室でもあり、脱いだ私服が隅に置かれていた。他のスタッフも、皆会場に行っているので次郎一人きりである。

（ああ、さやかちゃんのソックス……）

次郎は誰も来ないのを確認し、流れてくる歌を聴きながら白いソックスを手にし、僅かに黒ずんだ爪先に鼻を埋め込んで嗅いでしまった。

繊維の隅々には、生ぬるい汗と脂の湿り気が感じられ、蒸れた匂いが濃厚に沁《し》み付いていた。

次郎は激しく勃起しながら両足とも嗅ぎ、さらにブラウスの腋の下にも顔を埋《うず》め、甘ったるい汗の匂いに噎《む》せ返った。

やはり緊張のせいか、かなり匂いが濃く、悩ましく胸に沁み込んできた。

さらには、彼女のショーツまで置かれていたのである。ドレスの裾がめくれて見えることもあるので、俗に言う見せパンに穿《は》き替え、本物はここにあるのだ。

裏返して中心部を見ると、食い込みの縦ジワがあり、レモン水でも垂らしたようなシミが認められたが、思っていたほどの付着ではなく、抜けた恥毛もなく、肛門の当たる部分の変色も見当たらなかった。

それでも鼻を埋めると、繊維に沁み込んだ生々しい匂いが鼻腔《びこう》を刺激してきた。

（ああ……）

次郎は、可憐なさやかの汗とオシッコの蒸れた匂いに酔いしれた。まさか歌声を聴きながら、当人の下着を嗅げるなど夢にも思っていなかったことだ。

やがて無事に、さやかはA面とB面の歌を終え、というより口パクを済ませ、それまでに次郎も触れた痕跡がないよう元に戻しておいた。

次郎が会場に戻ると、またさやかは新たな客にサインをし、スタッフもレコードを売っていた。

そして午前中のイベントが終わると、さやかはまた私服に着替え、スタッフたちも休憩に入った。次のイベントは午後三時から行い、それで解散となる。

「お買い物しますか？」

「ええ、色々見て回りたいです。ご一緒して頂けますか」

「もちろん。今日は最後までさやかちゃんのそばにいますからね」

次郎が言うと、さやかも笑顔で頷き、変装用の伊達《だて》メガネをかけ、キャップを被《かぶ》った。

そして一緒に階下の売り場を順々に回り、さやかは女の子らしいアクセサリーや化粧品などを見て回り、いくつか買った。

幸い、まだ無名だし変装の効果もあり、他の客には一度も声をかけられずに済んだ。

昼食は、次郎と一緒にレストランの裏手にある社員食堂で済ませ、彼女は少し休憩室で横になった。

次郎はその間も屋上を見回り、雨は大丈夫か、ステージや機器に問題はないかスタッフと確認した。

日曜でデパートの客は多いが、やはりまださやかの人気に火がついていないので、屋上に来る客の大部分はゲームコーナーにばかりひしめいていた。

やがて午後のイベントが始まり、午前中よりやや多めの客が集まり、そこそこにレコードも売れ、サイン会と歌で賑《にぎ》わい、今日のイベントを終了したのだった。

2

「お疲れ様でした。今日はこの後もお仕事ですか?」

「いえ、今日はここで解散になります。私は寄りたいところがあるので」

さやかが私服に着替えて言い、そのままスタッフは荷物を持って引き上げてしまった。

まだ大スターではないので、彼女は明日の仕事まで自由らしい。

「行きたいところって? 何ならご案内しますけど」

「わあ、いいんですか。チーズケーキのお店なんです」

さやかが言い、そういえばこの町に有名な店があると次郎も聞いていた。彼女も、一人より誰かと一緒の方が心強いだろう。

次郎は三階のオフィスに行き、部長の亜紀子に言って外出と直帰の許可をもらった。

今日はずっとさやかの面倒を見るよう言われているので問題はなく、すぐ次郎は彼女と一緒にデパートを出た。

　また彼女はキャップと伊達メガネをし、嬉《うれ》しげに次郎と歩いた。

「ノンビリするの久しぶりなんです」

「そう、今にうんと忙しくなるよ。僕には先のことが分かるんだ」

「そうなんですか？　じゃ私はどうなりますか？」

「ジュースのCMの話が来て、ドラマのヒロインも決まるよ」

「わあ、本当なら嬉しいです」

　さやかは言い、やがて一緒に喫茶店に入って彼女はチーズケーキを食べ、次郎はコーヒーだけにした。

「先輩のイジメとかもあるし、何度か辞めようと思ったのですけど」

「ああ、間もなく大スターになるから問題ないよ」

　次郎は言い、未来の超アイドルと一緒にいる甘ったるい幸福感に包まれた。

「彼氏とかはいるの？」

「いないです。高校を出て半年間、ずっと仕事ばかりですから」

　さやかが答え、まだ処女かも知れないと次郎は思った。

「何も知らないのに、恋の歌とか歌うの変ですよね。小川さんみたいに、優しい人に教わることが出来たら良いのですけど」

「ほ、本当?」

「ええ、秘密は守ってくれそうだし、何でも任せて安心な気がします。それに私の将来も気にかけてくれているから」

「じゃ、任せてみる……?」

次郎は激しく勃起しながら答え、ふとさっき嗅いだ彼女の匂いを思い出した。

やがて店を出て歩くと、駅裏のラブホテル街に来てしまった。

「じゃ、入ってみる?」

「ええ……」

言うと彼女が少し緊張気味に頷いたので、次郎も気が急《せ》くように行動を起こし、一軒の中に入っていった。

さやかも従ったので、手早く部屋のパネルを選び、フロントでキーをもらってエレベーターに乗った。

彼女も言葉少なになり、やがて二人は五階にある一室に入った。回転ベッドではなく、ごく普通のもので鏡張りでもなかった。

「じゃ、急いで流してくるので待っててね」

次郎は彼女をソファに座らせて言い、自分だけ脱衣所に入って全裸になった。

そしてシャワーを浴びながら歯を磨き、念入りに腋《わき》と股間を洗い、最短時間で身体《からだ》を拭いた。

腰にバスタオルを巻いて、脱いだ服を持って戻ると、彼女はさっきの姿勢のまま座って待っていた。

「じゃ、こっちへ来て脱いでね」

「あの、私もシャワーを……」

「それは後でいいよ。自然のままの、さやかちゃんを味わってみたいんだ」

ベッドへ誘って言い、ブラウスのボタンを外すと、途中から彼女も意を決して自分から脱ぎはじめてくれた。

見る見る健康的な柔肌が露《あら》わになってゆくと、まだ思春期の体臭が生ぬるく揺らめいて彼の鼻腔を刺激してきた。

ブラを外すと、水着写真と、のちのヘアヌード写真集で見たことのある形良い乳房が弾むように露わになり、さらに彼女は最後の一枚を脱ぎ去った。

のちのちまで有名になる彼女だが、今は処女である。さやかは胸を押さえ、モジモジと彼に添い寝してきた。

次郎も興奮しながら肌を寄せ、美少女の腕を差し上げてくぐり、甘えるように腕枕してもらった。

今の次郎は二十三歳だが、心の中は六十三歳で、それが十八歳の美少女に甘えるのだから、その悦《よろこ》びは計り知れなかった。

生ぬるくジットリ汗ばんだ腋の下に鼻を埋め込むと、何とも甘ったるいミルクのような汗の匂いが濃厚に沁み付いていた。

「いい匂い」

「あん……」

嗅ぎながら思わず言うと、さやかが羞恥に声を洩《も》らし、ビクリと身を強《こわ》ばらせた。

「汗臭くないですか。朝からすごく緊張していたので……」

「ううん、天使の匂いがする」

次郎は答えながら、胸いっぱいに美少女の体臭を満たして激しく勃起した。

充分に鼻を擦《こす》りつけて嗅ぎ、スベスベの腋に舌を這《は》わせると、さやかはくすぐったそうに息を弾ませて身悶《みもだ》えた。

彼もそろそろと顔を移動させ、のしかかるようにピンクの乳首にチュッと吸い付き、顔中を柔らかな膨らみに押し付け、処女の感触を味わいながら舌で転がした。

「ああッ……！」

さやかが喘《あえ》いだが、感じているというよりまだくすぐったい感覚の方が強いようだ。

次郎は左右の乳首を順々に含んで舐《な》め回し、やがて無垢な肌を舐め下りていった。

愛らしい縦長の臍《へそ》を舐め、腹部に顔を押し付けると、心地《ここち》よい弾力が返ってきた。

腰骨からムッチリした太腿《ふともも》を舐め下り、さらにスベスベの脚をたどって足首まで下りた。そして足裏に回り込んで踵《かかと》から土踏まずを舐め、縮こまった指の間に鼻を押し付けて嗅ぐと、そこは汗と脂にジットリ湿り、ムレムレの匂いが濃厚に沁み付いて鼻腔を刺激してきた。

さっき控え室で嗅いだソックスより濃い匂いで、彼は胸を満たしながら危うく射精してしまいそうなほど高まってしまった。

そして次郎は、爪先にしゃぶり付き、順々に指の股に舌を割り込ませて味わっていった。

3

「あう、ダメです、汚いのに……」

さやかがビクッと脚を震わせて呻《うめ》き、次郎の口の中で唾液に濡《ぬ》れた指を縮め、舌先を挟み付けてきた。

彼は充分に味わい、もう片方の足指も味と匂いが薄れるほど貪り尽くしてしまった。

そしてうつ伏せにさせると、彼女も仰向《あおむ》けより羞恥が和らぐのか、素直にゴロリと寝返りを打ってくれた。

次郎が踵を舐めると、僅かに靴擦れの痕があった。ステージ用の靴に慣れていなかったのか、まだうっすらと血が滲《にじ》んでいる。彼は舌先でチロチロと癒やすように舐めてやった。

「く……」

さやかが、顔を伏せたまま小さく呻いた。

次郎は両の靴擦れの痕を舐め尽くすと、アキレス腱《けん》から脹《ふく》ら脛《はぎ》、汗ばんだヒカガミを舐め上げた。

そして太腿から尻の丸み、腰から滑らかな背中を舌でたどっていった。

背中のブラの痕は汗の味がし、さらに肩まで行って髪に顔を埋めると、リンスの香りに混じり、まだ乳臭い匂いが鼻腔を満たした。

髪を掻《か》き分けて耳の裏側に鼻を押し付けると、蒸れた汗の匂いがした。そこも舐めてから、彼は再びうなじから背中を這い下り、たまに脇腹にも寄り道しながら、水蜜桃のような尻に戻っていった。

うつ伏せのまま股を開かせて真ん中に腹這い、尻に顔を寄せて指でムッチリと谷間を広げると、可憐なピンクの蕾《つぼみ》が恥じらうようにキュッと引き締まった。

鼻を埋め込むと、顔中に弾力ある双丘が密着し、蕾に籠もった秘めやかな微香を嗅ぐと悩ましく鼻腔が刺激された。

やはり昭和の頃はシャワートイレも普及していないので、ナマの匂いが沁み付いている。彼は美少女の恥ずかしい匂いにゾクゾクと興奮を高めた。

充分に嗅いでから舌を這わせ、細かに震える可憐な襞《ひだ》を濡らして、ヌルッと潜り込ませて滑らかな粘膜を探った。

「あう……！　ダメ……」

さやかが呻き、キュッと肛門《こうもん》で彼の舌先をきつく締め付けてきた。

次郎は内部で舌を蠢《うごめ》かせ、うっすらと甘苦いような味覚を堪能《たんのう》してから、ようやく顔を上げた。

再び彼女を仰向けにさせ、片方の脚をくぐって股間に迫り、白く滑らかな内腿を舐め上げ、熱気と湿り気の籠もる中心部に顔を寄せていった。

見ると、ぷっくりした丘には楚々《そそ》とした若草が恥じらうように淡く煙り、まるでゴムまりを二つ横に並べて潰したような、丸みのある割れ目からは薄桃色の花びらがはみ出していた。

指を当てて陰唇をそっと左右に開くと、微《かす》かにクチュッと湿った音がして、ピンクの柔肉が丸見えになった。

「アア……」

触れられたさやかが喘ぎ、ヒクヒクと白い下腹を波打たせた。

柔肉は意外なほど、ヌメヌメとした大量の蜜に潤い、処女の膣口《ちつこう》が花弁状の襞を震わせて息づいていた。

ポツンとした小さな尿道口も確認でき、包皮の下からは小粒のクリトリスが真珠のような光沢を放ってツンと突き立っていた。

「綺麗《きれい》だよ、すごく」

「そ、そんなに見ないで……」

股間から言うと、さやかは彼の熱い視線と息を感じて声を震わせた。

次郎はもう我慢できず、吸い寄せられるように彼女の股間に顔を埋め込んでしまった。

柔らかな恥毛に鼻を擦りつけると、隅々に籠もった生ぬるい汗とオシッコの匂いが悩ましく鼻腔を刺激してきた。

「なんていい匂い」

「あう、ダメ……」

嗅ぎながら言うと、さやかが激しい羞恥に呻き、内腿でキュッときつく彼の両頬を挟み付けてきた。

次郎は思春期の匂いで胸を満たし、陰唇の内側に舌を挿し入れていった。

ヌメリは淡い酸味を含み、彼の舌の動きをヌラヌラと滑らかにさせた。

彼は無垢《むく》な膣口の襞をクチュクチュと掻き回して味わい、柔肉をたどってゆっくりクリトリスまで舐め上げていった。

「アアッ……！」

さやかが熱く声を上げ、弾《はじ》かれるようにビクッと顔を仰《の》け反《ぞ》らせ、内腿に激しく力を込めた。

次郎ももがく腰を抱え込んで押さえ、最も感じるであろうクリトリスをチロチロと小刻みに舐め回しては、新たに湧き出す生ぬるい蜜を掬《すく》い取った。

そしてクリトリスを刺激しながら、濡れた膣口に指を当て、そっと挿し入れてみた。

さすがにきつい感じはするが、何しろ潤いが充分すぎるほどなので、指は滑らかに潜り込んでいった。

彼はヌメリに合わせて小刻みに内壁を擦り、さらに天井のGスポットも指の腹で圧迫しながらクリトリスを舐め続けた。

「ダメ、いっちゃう……、アアーッ……！」

たちまちさやかは声を上ずらせて反り返り、そのままガクガクと狂おしい痙攣《けいれん》を起こし、オルガスムスに達してしまったようだ。

恐らくオナニーは習慣的にしており、クリトリス感覚の絶頂は、充分に知っているのだろう。

やがて、反り返って硬直していたさやかが力を抜き、グッタリと身を投げ出してきたので、次郎も舌と指を引き離して添い寝していった。

さやかの荒い息遣いが徐々に治まるのを待ち、次郎は彼女の手を握って勃起したペニスに導いた。

彼女も触れると、急に好奇心を湧かせたのか、生温かく汗ばんで柔らかな手のひらに幹を包み込み、感触を確かめるようにニギニギと動かしてくれた。

「ああ、気持ちいい……」

彼は喘ぎながら受け身に転じて仰向けになり、さやかの顔を股間へと押しやった。

すると彼女も身を起こして移動し、大股開きになった次郎の股間に腹這い、可憐な顔を股間に迫らせてきた。

「いいよ、好きなようにいじってごらん」

期待に胸を弾ませて言うと、さやかも幹を握り、張り詰めた亀頭にも触れた。

「こうなってるの……」

彼女は小さく言い、それでも熱い視線を注ぎながら、さらに陰嚢《いんのう》に触れて二つの睾丸《こうがん》を確認し、袋をつまんで肛門の方まで覗《のぞ》き込んできたのだった。

4

「お口でしてみて……」

次郎が言うと、さやかは恐る恐る無垢な口を寄せ、舌を伸ばして肉棒の裏側をゆっくり舐め上げてきた。

「ああ、気持ちいい……」

次郎は処女に舐められるという禁断の快感に喘ぎ、ヒクヒクと幹を震わせた。

さやかは先端まで来ると、幹を指で支え、粘液の滲む尿道口も厭《いと》わずチロチロと舐め回してくれた。

滑らかな舌が小刻みに蠢き、さらに張り詰めた亀頭もしゃぶられた。

「くわえて、深く……」

快感を嚙《か》み締めながら彼が言うと、さやかも可憐な口を精一杯丸く開いて亀頭を含み、そのままスッポリと喉《の》の奥まで呑み込んでいった。

温かく清らかに濡れた美少女の口腔に根元まで深々と納まり、次郎は息を詰めて感激を味わった。

さやかも幹を口で丸く締め付けて吸い、熱い鼻息で恥毛をそよがせながら、口の中ではクチュクチュと舌をからめるように蠢かせてくれた。

まさか上司も同僚も、いま彼がさやかにしゃぶってもらっているなど、夢にも思わないだろう。

「アア……」

次郎は快感に喘ぎながら、美少女の唾液にまみれた肉棒を震わせ、思わずズンズンと股間を突き上げてしまった。

「ンン……」

さやかが微かに眉をひそめて呻き、それでも動きを合わせて顔を小刻みに上下させ、濡れた口でスポスポと強烈な摩擦を繰り返してくれた。

「い、いきそう……」

次郎は絶頂を迫らせて口走り、このまま射精して無垢な口を汚してみたい衝動に駆られてしまった。

しかし、さやかがチュパッと軽やかに音を立てて口を離した。

「どうか、入れてください……」

彼女が言い、その言葉だけで次郎は危うく漏らしそうになってしまった。そう、やはり口を汚すより、彼も処女と一つになる方を選びたかった。

「じゃ、跨《また》いで上から入れてごらん。痛かったら自分で止めればいいから」

次郎が言うと、さやかは羞恥にためらいつつ身を起こすと、仰向けの彼の上に前進してきた。

やがて次郎の股間に跨がると、さやかは自らの唾液に濡れた先端に割れ目を押し付け、息を詰めて位置を定めた。

そして意を決するように頬を引き締め、ゆっくり腰を沈み込ませていったのだ。

張り詰めた亀頭が処女膜を丸く押し広げて潜り込むと、

「あう……！」

さやかは呻きながらも、あとは自らの重みと潤いに助けられ、ヌルヌルッと滑らかに根元まで受け入れてしまった。

次郎も、きつい締め付けと肉襞の摩擦、熱いほどの温《ぬく》もりに包まれ、懸命に肛門を引き締めて暴発を堪《こら》えた。

破瓜《はか》の痛みで、初回から快感を覚えるはずもないから、長引かせる必要もないのだが、それでも彼は、少しでも長く快感と感激を味わっていたかった。

さやかが完全に座り込み、股間を密着させてきた。

次郎は温もりと感触を味わいながら両手を伸ばし、彼女を抱き寄せた。

「アア……」

真下から短い杭《くい》に貫かれたように硬直していたさやかも、小さく喘ぎながら身を重ねてきた。

次郎は両手で抱き留め、僅かに両膝を立てて彼女の尻を支えた。

動かなくても、膣内は異物を探るような収縮が繰り返され、彼はジワジワと高まってきた。そして舌から唇を重ねていくと、美少女の柔らかな感触と弾力、ほのかな唾液の湿り気が伝わってきた。

舌を挿し入れて滑らかな歯並びを左右にたどると、彼女も口を開いて舌を触れ合わせてくれた。

チロチロとからみつけると、何とも滑らかな感触があり、生温かな唾液のヌメリが実に心地よかった。

これから爆発的に増えてゆく多くのファンの誰もが、この唇を求めて妄想オナニーに耽《ふけ》るのである。

（ああ、超アイドルの唾液……）

次郎は感激に包まれながら舌を蠢かせ、快感に任せてズンズンと股間を突き上げはじめてしまった。

「アアッ……！」

さやかが唇を離して喘いだ。開いた口に鼻を押し付けて嗅ぐと、美少女の吐息は熱く湿り気があり、何とも濃厚で甘酸っぱい芳香が含まれていた。

まるでリンゴかイチゴでも食べた直後のような果実臭が、鼻腔を刺激し甘美に胸に沁み込んできた。

アイドルも忙しくなると、睡眠不足の上、急いで食事し、歯磨きする時間も無く、鏡で歯と舌のケアだけして仕事に戻ると聞くから、人気者になるほど実際は刺激臭を発しているのだろう。

そんなことを思いながら、さやかの吐息を嗅いでいると、もう股間の突き上げが止まらなくなってしまった。

それでも潤いが充分なので動きは滑らかで、次第にクチュクチュと湿った摩擦音が聞こえ、溢《あふ》れた蜜が彼の陰嚢から肛門の方まで生温かく伝い流れてきた。

「あ……、ああ……」

突き入れるたび、さやかが間断なく喘ぎ声を洩らした。

「痛い？　大丈夫？」

「平気です……」

下から囁《ささや》くと、さやかが健気《けなげ》に答えた。

やはり初回が痛いことぐらい承知しているだろうし、これを越えれば心地よくなることも知っているのだ。そして誰もが通る道なのである。

「もっと唾を出して……」

かぐわしい息を嗅ぎながらせがむと、さやかも懸命に唾液を分泌させ、白っぽく小泡の多い唾液を彼の口にトロトロと吐き出してくれた。

それを舌に受けて味わい、うっとりと喉を潤しながら律動を続けていると、もう我慢できずに彼は昇り詰めてしまった。

「い、いく……！」

突き上がる大きな絶頂の快感に口走り、彼はドクンドクンと熱い大量のザーメンを勢いよく柔肉の奥にほとばしらせた。

「ああ、熱いわ……」

5

噴出を感じるとさやかが言い、反射的にキュッキュッと膣内を締め付けてくれた。

感じているというより、すでに破瓜の痛みは麻痺《まひ》し、ピークを過ぎたという安《あん》堵《ど》感があったのだろう。

次郎は快感に任せ、絶頂の最中ばかりは気遣いも忘れて、股間をぶつけるように激しく突き上げてしまった。

そして心ゆくまで感激と快感を嚙み締め、最後の一滴まで出し尽くしていった。

「ああ……」

すっかり満足して声を洩らし、徐々に突き上げを弱めていくと、いつしかさやかも肌の強ばりを解き、グッタリと彼にもたれかかっていた。

まだ膣内は息づくような収縮が繰り返され、刺激されたペニスがヒクヒクと過敏に内部で跳ね上がった。

そして次郎は、美少女のかぐわしい息を間近に嗅ぎながら、うっとりと快感の余韻を味わったのだった。

同僚の浩美に続いて、またもや処女を散らしてしまった。

しかも相手は、間もなく全国的に有名になるアイドルなのだ。今後、テレビや雑誌で彼女を見るたび、次郎は今日の快感を思い出すだろうと思った。

ナマの中出しをして大丈夫かと思ったが、この世界が夢の中のようなものだし、彼の知っている未来が待っているのなら、誰も妊娠したりしないだろうと思った。

やがて、さやかがそろそろと股間を引き離し、ゴロリと横になった。次郎は枕元のティッシュを取り、手早くペニスを拭いながら彼女の股間に顔を寄せた。

膣口からザーメンが逆流しているが、浩美と違って出血は見当たらなかった。あるいはオナニーに慣れ、膣口も柔軟性に富んでいたのかも知れない。

彼は割れ目を軽く拭ってやり、

「シャワー浴びようか」

言って支えながら起こして、一緒にベッドを降りた。

バスルームに入って互いにシャワーの湯を浴びると、ようやくさやかもほっとしたようだった。

「とうとう体験できました……」

さやかが言い、後悔している様子もないので次郎は安心した。

「僕なんかが最初で良かったのかな」

「はい、とっても優しくしてくれましたから。すごく恥ずかしかったけど……」

さやかが言うと、また次郎はムクムクと回復してきてしまった。

「こうして」

次郎は例により、床に座ったまま目の前に彼女を立たせ、片方の脚を浮かせてバスタブのふちに乗せさせた。

「どうするんです……」

「オシッコしてみて」

彼は股間から答え、割れ目に鼻と口を押し付けた。もう匂いの大部分は薄れてしまったが、舐めると新たな蜜が溢れてきた。

「そ、そんな……」

「ほんの少しでいいからね」

膝を震わせて尻込みする彼女の割れ目を舐め回しながら答え、彼はクリトリスに吸い付いた。

「あん、吸ったら本当に出ちゃいそう……」

さやかが、まだ朦朧《もうろう》としながら言う。少しずつ尿意が高まってきたようだ。

舐めていると内部の柔肉が迫《せ》り出すように盛り上がり、急に温もりと味わいが変化したかと思うと、チョロチョロと熱い流れがほとばしってきた。

「あう、ダメ……」

　さやかが呻いたが、彼は腰を抱えて流れを口に受けた。

　味も匂いも淡く控えめで、飲み込むにも何の抵抗もなく、次郎は将来の超アイドルの出したもので喉を潤し続けた。

　勢いがつくと口から溢れた分が温かく胸から腹に伝い流れ、すっかりピンピンに回復したペニスが心地よく浸された。

　そしてピークを過ぎると勢いが衰え、完全に放尿が治まってしまった。

　次郎は残り香の中、余りの雫《しずく》をすすって割れ目内部を舐め回した。

「も、もうダメです……」

　さやかが言って脚を下ろし、クタクタと座り込んでしまった。

　それを抱き留め、もう一度シャワーを浴びると、支えながら立ち上がった。身体を拭いて全裸のままベッドに戻ると、また横になって添い寝した。

「いじって……」

　次郎は言い、さやかにペニスを握ってもらいながら、かぐわしい口に鼻を押し込んで果実臭の息を嗅いだ。

「舐めて……」

さらに図々しくせがむと、さやかもニギニギとペニスを愛撫しながら、彼の鼻にしゃぶり付いてくれた。

唾液と吐息が甘酸っぱく匂い、さらに顔中を擦り付けて清らかな唾液にまみれながら、彼はジワジワと高まってきた。

やはり初回から続けてするのは酷だろうから、次は挿入を控えることにした。

「じゃ、お口でして……」

彼は言って仰向けになると、さやかも素直にペニスに顔を寄せていった。

そこで次郎はさやかの下半身を引き寄せ、女上位のシックスナインの体勢を取らせ、顔に跨がってもらった。

「ああ、恥ずかしい……」

さやかは言いながらも、上から彼の顔に割れ目を押し付けてきた。そして先端をしゃぶり、モグモグと喉の奥までペニスを呑み込んでくれたのである。

熱い鼻息が陰嚢をくすぐり、彼は美少女の口の中で、唾液にまみれたペニスをヒクヒク震わせた。

そして自分も割れ目を舐め、淡い酸味のヌメリをすすりながら、目の前で収縮するピンクの肛門を見つめた。

「ンン……」

クリトリスを舐められるたび、さやかが熱く呻き、反射的にチュッと強く亀頭に吸い付いてきた。

次郎も急激に高まり、まるでセックスするように彼女の口にズンズンと股間を突き上げ、心地よい摩擦を味わった。

するとさやかも快感が高まったのか、自分からグイグイと彼の鼻と口に割れ目を擦り付けてきたのである。

どうやら処女を失った途端に大胆になり、自身の欲望にも正直になりはじめたのかも知れない。

生温かな愛液も大洪水になり、彼女は自分からクリトリスばかり執拗《しつよう》に彼の口に押し付けてきた。

次郎も応えてクリトリスを吸い、小刻みに舌で刺激しながら股間を突き上げた。

6

「ンンッ……」

さやかは快感に呻きながら顔を上下させ、スポスポと激しく摩擦してくれた。

次郎は、まるで全身が美少女のかぐわしい口に入り、唾液にまみれ揉《も》みくちゃにされているような錯覚に陥った。

「い、いく、飲んで……」

思わず口走ると、

「私もいく。お願い、口を離さないで……！」

さやかも言うなり再び強烈な摩擦を繰り返した。

次郎も彼女の欲望に驚きと興奮を覚えながら、執拗にクリトリスを吸い、激しく舐め回した。

同時に彼は二度目の絶頂を迎え、

「く……！」

快感に悶えながら呻き、ありったけの熱いザーメンをドクドクと勢いよくほとばしらせ、彼女の喉の奥を直撃した。

「ク……！」

噴出を受けたさやかが呻き、なおも吸い付いて最後の一滴まで吸い出してくれた。そしてゴクリと飲み込むと同時に、

「い、いく……、ああーッ……！」

さやかが声を上ずらせ、粗相したように愛液を漏らしながらガクガクとオルガスムスの痙攣を開始したのだ。

次郎は魂まで吸い出される思いで腰をよじり、彼女がすっかり満足するまでクリトリスを刺激してやった。

絶頂の最中の肛門も妖しい収縮を繰り返し、ときにレモンの先のように突き出て実に艶《なま》めかしい蠢きをした。

そしてさやかが肌の硬直を解き、グッタリと力を抜いて体重を預けてくると、次郎も四肢を投げ出していった。

まさかシックスナインで同時に昇り詰めるなど、奇跡のような体験であった。

「ああ、いい気持ち……、でも感じすぎます、もう離して……」

全て飲み干してくれたさやかが言うので、次郎もクリトリスから舌を引き離した。

すると彼女が幹をしごき、さらに尿道口から滲む余りの雫まで丁寧に舐め取ってくれたのである。

「ぼ、僕も、もういいよ……」

次郎も過敏に感じてクネクネと腰をよじり、降参するように言うと、さやかも全て綺麗にしてくれ、ようやく舌を引っ込めてくれたのだった。

そして彼女が戻ってきて添い寝したので、次郎も腕枕してもらい美少女の胸に抱かれて呼吸を整えた。

「不味《まず》くなかった？」

「ええ、嫌じゃないです」

囁くと、さやかが答えた。

「でもやっぱり、入れられるより舐められる方が気持ちいいです……」

さやかが正直に言った。

「うん、でも入れるうちに慣れて、すごく良くなってくるよ」

「ええ、早くそうなりたいです……」

さやかが答えた。清楚な顔に似合わず、かなり快楽には貪欲なタイプのようだった。

次郎は彼女の温もりに包まれ、湿り気ある吐息を嗅ぎながら余韻を味わった。

さやかの息にザーメンの生臭さは残らず、さっきと同じ甘酸っぱい果実臭だった。

「私、初めての体験をしてくれた小川さんのこと一生忘れません」

「それは僕の方も同じだよ。これから超人気アイドルになる子だから」

「本当に、なれるのかしら」

「ああ、すぐにも大きな仕事が来るからね」

「もしそうなったら、すぐにもお礼を言いに来ますね」

「うん、忙しくなっても時間が取れたら会ってね」

次郎は言い、やがて呼吸を整えると起き上がり、もう一度二人でシャワーを浴びてから身繕いをした。

伊達メガネにキャップを被ると、彼女はまた目立たない普通の女の子に戻った。まだ町ゆく人は気づかないだろうが、近々、どんな変装をしても気づかれるほど超有名になってしまうのである。

やがてラブホテルを出ると、外はすっかり暗くなっていた。

「一人で帰れる？」

「はい、大丈夫です。じゃ、お世話になりました。またぜひ」

言うとさやかが笑顔で答え、二人は駅で別れたのだった。

7

「昨日はお疲れさん。あれから彼女とどこかへ行ったのか?」

　翌朝、次郎が出勤すると上田課長が訊《き》いてきた。

「ええ、チーズケーキのお店へ行きたいと言うので、そこへ寄って、あとは駅で別れましたので」

「そうか、もっと超人気の子だったら俺がエスコートしたんだがな。ちょっと地味で普通の女の子っぽすぎるから、可哀想《かわいそう》だが間もなく消えていくだろう」

　上田は言ったが、間もなく有名になるさやかを見て驚くことだろう。

「ああ、それから三階のエスカレーターの横に、占いコーナーを設けることになったから、それも君に任せる。間もなく占い師も来るだろうからな、よろしく頼む」

　上田に言われ、次郎は驚いた。

「どういう経歴の人ですか」

「いや、俺も分からない。どうも社長の知り合いらしく、強く推されたのでコーナーを作ることを決定したんだ」

「分かりました。行ってみます」

次郎は答え、すぐにも占いコーナーへ行った。

すでに三階の片隅、エスカレーター脇のスペースに、アコーディオンカーテンと小さなテーブルに二脚の椅子が置かれ、壁には『由良子の占いコーナー』というボードも設置されていた。

「小川さんですね」

と、後ろから声をかけられ、振り返ると巫女《みこ》姿の由良子が立っていた。

「ゆ、由良子さん……？」

次郎は目を丸くして言った。

由良子は、何と四十年後に会った姿のままであった。

実際なら、四十年若返っていなければならないのに、彼女は今も神秘的な美貌で、三十代なのか四十代なのか分からない顔立ちだったのだ。

とにかく、この美しい巫女が、六十三歳だった次郎を、四十年前の時代に戻し、若返らせてくれた張本人なのである。

そして次郎は、由良子が、このまほろばデパートの化身だと思っていた。

「あ、あなたには、時代も年齢も関係ないんですね。とにかく僕は、与えられた使命で、このまほろばを先々まで存続させるよう努力しますので」

次郎が言うと、由良子が妖しい笑みを浮かべて答えた。

「何のお話でしょう。私たちは今日が初対面の筈《はず》ですが」

それは、本当に知らないのか、あるいは知っていてとぼけているのか分からない表情と物腰であった。

「とにかく、今日からよろしくお願いします」

由良子は言うと、バッグから占いに使う道具をいくつか取り出してテーブルに置いた。

「荷物はどこへ置けば」

「あ、裏がスタッフルームの入り口なので、こちらへどうぞ」

言われて答え、次郎は由良子を案内した。

そこはオフィスの裏口にあたり、皆のデスクは奥にあり、入った場所はロッカールームになっていた。

「ここが空いているので、お使いください」

次郎は言い、一つのロッカーを開け、由良子に鍵も渡した。

「はい、有難うございます」

由良子は受け取って礼を言い、バッグを中に置いて閉めると、鍵を袂《たもと》に入れた。

「あの、由良子さんはどこの生まれで、何歳なのですか。社長からの紹介なので、履歴書も出していないようなので」

次郎は、思い切って訊いてみた。

「私が普通の人間なら安心しますか」

由良子が切れ長の眼差《まなざ》しをじっと次郎に向けて言うと、彼は思わず妖しい迫力に身じろいだ。

「い、いえ……、仰《おつしや》りたくなければ自分は聞かなくても結構ですので……」

次郎が言うと、由良子はさらに迫ってきて、彼は壁際まで追い詰められてしまった。

「一つだけ。あなたは奥さんになる女性以外の、誰と交わっても孕《はら》まないので、安心して致しなさい」

「え……」

「あなたが快楽を得るたびに力が増し、それがまぼろばのためになりますから」

由良子が近々と顔を寄せて囁き、とうとう唇が重なってしまった。

「う……」

次郎は妖しい気分に包まれて呻いた。

誰かがこのロッカールームに来るのじゃないかと心配になったが、由良子がまほろばの化身なら、誰も来ないよう操作しているのかも知れない。

彼女はヌルッと長い舌を潜り込ませながら、次郎の股間を探り、ファスナーを下ろしてペニスを引っ張り出した。

「ああ……」

次郎が唇を離して喘ぐと、

「いいのよ、出してしまって」

由良子が熱く甘い息で囁き、すぐにもしゃがみ込んでペニスに顔を迫らせた。

まだ戸惑いに半萎えのペニスに指を這わせ、彼女は包皮を剝《む》いてクリッと亀頭を露出させた。

そしてチロチロと先端を舐め回し、熱い息を股間に籠もらせながら亀頭を含み、吸い付きながら舌をからめた。

「アア、気持ちいい……」

次郎は壁に寄りかかりながら快感に喘ぎ、舌に翻弄され唾液にまみれたペニスをムクムクと最大限に膨張させていった。

股間を見ると、由良子がじっと彼を見上げながら亀頭を頬張り、舌を蠢かせている。

その妖しい視線だけで、すぐにも彼は漏らしそうになってしまった。

すると由良子がスポンと口を離して身を起こし、朱色の袴《はかま》をめくった。下には何も着けておらず、スラリとした滑らかな脚が現れ、思わず彼も操られるように膝を突き、柔らかな茂みに鼻を埋め込んでいった。

生ぬるく甘ったるい汗の匂いを貪りながら割れ目に舌を挿し入れると、すでにそこはヌルッとした大量の蜜が溢れていた。

次郎はツンと突き立ったクリトリスを舐め回し、チュッと吸い付いた。

「アア……」

由良子の熱い喘ぎが、上の方から聞こえてきた。

そして彼女は次郎の顔をやんわりと引き離し、背を向けて裾をまくり、白く形良い尻を突き出してきたのだ。

ここも舐めろというのだろう。次郎は白く丸い双丘に顔を密着させ、谷間に閉じられた蕾に鼻を埋めて嗅いだ。そして微香を貪ってから舌を這わせ、襞を濡らしてヌルッと潜り込ませた。

「く……」

由良子が尻をくねらせて呻き、モグモグと味わうように肛門で舌先を締め付けた。

さらに割れ目から溢れる愛液が、ムッチリとした内腿を伝い流れていた。

「入れて……」

やがて由良子が言うので、彼も身を起こし、勃起したペニスをバックから膣口に押し付け、ゆっくり挿入していった。

急角度に反り返ったペニスが熱く濡れた内壁を擦り、ヌルヌルッと滑らかに根元まで呑み込まれた。

「アア……、いい……」

由良子が長い黒髪を揺らして喘ぎ、キュッと締め付けてきた。

次郎も弾力ある尻の感触を股間に受けながら、すぐにも律動しはじめ、肉襞の蠢きの中で高まっていった。

「い、いく……！」

たちまち次郎は昇り詰め、快感に口走りながら熱いザーメンをドクドクと注入した。

「ああ、いい気持ち……」

由良子も喘ぎながら収縮を繰り返したが、激しいオルガスムスではないようだ。

とにかく彼は最後の一滴まで出し尽くし、満足しながら動きを止めた。そして呼吸を整え、そろそろと引き抜いて身繕いをすると、由良子もティッシュの処理などせず、袴の裾を下ろして振り返り、しゃがみ込んでペニスを口で綺麗にしてくれたのである。

「あう、もう……」

過敏に反応しながら呻くと、彼女も舌を引っ込めて身を起こし、ロッカールームを出て行った。

追おうとしたが、奥のオフィスから次郎は呼ばれた。

「小川くん、電話だ。さやかちゃんから」

「は、はい……」

返事をして、慌てて行って受話器を取ると、さやかの弾む声が響いてきた。

「小川さん、朝からジュースのＣＭのお話が来たんです。それからドラマの企画も！　言われた通りになりました。小川さんのおかげです。有難うございました」

「いや、君の実力で勝ち取ったものだよ。応援するから頑張ってね」

次郎は答え、快楽の余韻の中、自分まで嬉しくなったのだった。

第四話　巨乳パート主婦

1

「まあ、小川さん、自炊なんですか」

次郎が、閉店直後の地下食料品売り場に行くと、パートの美佐子《みさこ》が話しかけてきた。

「ええ、両親が旅行に行ってしまったので、今夜は一人で何か作ろうかと」

彼が答えると、美佐子はふと周囲を見回してから顔を寄せて囁《ささや》いた。

「うちで夕食めしあがりませんか。主人が出張で誰もいないから、いっぱいシチューが余ってしまって」

彼女の甘い吐息を感じ、思わず次郎は股間を熱くさせてしまった。

美佐子は二十代半ば、なかなか肉感的で何より目を惹《ひ》くのが豊かな胸の膨らみだった。

「うわ、僕シチュー大好きなんです」

「まあ、良かったわ。じゃ、私も上がりますから裏口で」

「ええ、じゃ、お願いします」

次郎は答え、期待に胸を高鳴らせながら退社することにした。

未来の記憶をたどっても、美佐子は何かと次郎に好意を寄せていたようで、見回りのたびに話しかけてきたが、当然ながら一度目の人生では何も起こらなかった。

こんなふうに誘われたこともあったが、常に彼は曖昧に断ってきたのである。

結局、美佐子もそう長くは勤めていなかったから、次郎にとっては実に懐かしく艶《なま》めかしい人妻との再会であった。

デパートの裏口で待っていると、間もなく美佐子が出てきた。まあ、三角巾とエプロンを外し、タイムカードを押すだけだから手間はかからない。

もちろん主婦パートの大部分は、閉店後で格安になった食材を買って帰るのが常だが、今日の美佐子は手ぶらだった。

「お待たせしました。じゃ、こちらへ」

美佐子が言い、駐輪場に行って自転車を出し、乗らずに押しながら一緒に歩いた。家までは、徒歩でも十分ぐらいらしい。

やがてアパートに着くと彼女は鍵を開けて灯《あか》りを点《つ》け、

「少し待っていて下さいね」

と言って彼を中に入れると、すぐ外に出ていった。

次郎は上がって待つことにした。中は2DK、キッチンがあり、茶の間が四畳半、奥の六畳が寝室らしい。

間もなく美佐子が、赤ん坊を連れて戻ってきた。

どうやら裏の大家が彼女の実家らしく、パートの間は赤ん坊を預かってもらっているようだ。

女の子の赤ん坊はよく寝ていて、彼女は寝室にあるベビーベッドに寝かせると、バスルームに行って湯を沸かしてから、すぐにキッチンで夕食の仕度をした。

「シチューはご飯にかける派ですか？」

「ええ、カレーライスと同じ食べ方をしてますけど」

「そう、良かった」

美佐子は答え、鍋のシチューと炊飯器のご飯を温め、その間に缶ビールと枝豆を出してくれた。

「小川さん、すごく仕事が出来るんですってね。あの口うるさい上田課長が褒めているんだから珍しいわ」

「いいえ、そんなことないです」

キッチンのテーブルを挟み、缶ビールで乾杯して話し、美佐子は何度か鍋の様子を見に行き来した。

彼女が動くたび、甘ったるい匂いが生ぬるく揺らめいた。一日中働いていたから汗ばんでいるのだろう。

その刺激が鼻腔《びこう》から股間に伝わり、次郎は勃起してきてしまった。

美佐子はショートカットで、ぽっちゃりした頬に浮かぶ笑窪《えくぼ》が魅惑的だった。

ブラウスの胸も、ボタンが弾《はじ》けそうに豊かで、尻も実にボリュームがあった。

やがて缶ビールを飲み干す頃にご飯とシチューが温まり、美佐子が皿に盛ってくれ、差し向かいで食事をした。

もちろん好物だから旨《うま》いが、妖しい期待に股間が熱くなっていて、あまり味は分からなかった。

食事を終えてお茶を飲むと、

「お風呂入っていって。どうせ家で一人で沸かすのも勿体《もったい》ないでしょう」

美佐子が言い、タオルを用意してくれた。

「済みません、じゃ、お言葉に甘えて」

次郎も答え、脱衣所に行って服を脱いだ。

洗濯機を覗《のぞ》くと空だったので、洗濯したばかりか、あるいは実家で一緒に洗濯してもらったのかもしれない。

赤と青の歯ブラシが置かれていたので、多分美佐子のものだろうと赤い方を借りてバスルームに入り、歯を磨きながらシャワーの湯を浴びた。

風呂釜は、懐かしいクランクによる点火式で、すでに水が張られていたのを温めたのだろう。

彼は石鹼で耳や腋《わき》や股間を念入りに洗って流し、口をすすぎながら放尿まで済ませてしまった。

そして適温の湯に浸《つ》かり、さっぱりして出ると身体《からだ》を拭き、歯ブラシを戻した。

服を着ようかどうか迷ったが、まだ身体は湿っているし、美佐子だって充分すぎるほど淫気は高まっているだろう。

結局腰にバスタオルを巻き、脱いだものを抱えて部屋に戻った。

「いいかしら、こっちで待っていて下さいね」

すると美佐子が、次郎を奥の部屋に招いて言った。

すでにひと組の布団が敷かれているので、彼女もまた、暗黙の了解で、彼がその気でいることを確信しているようだった。

「じゃ、急いでお風呂に入ってきますので」

美佐子が期待に目をキラキラさせて言うので、もちろん彼は押しとどめた。

「どうか、今のままでお願いします」

「まあ、すごく汗かいているのよ……」

「女性の自然のままの匂いを知りたいので、お願いします」

懇願すると、淫気に待ちきれなくなっている美佐子も、すぐに納得してくれた。

「いいのかしら、汗臭くても知らないわよ」

彼女も、すっかり年下の男を相手にする口調になり、意を決してブラウスのボタンを外しはじめた。

次郎は服を部屋の隅に置き、腰のタオルを外して先に布団に横たわった。

ベビーベッドの赤ん坊はよく眠っている。

「まあ、すごく勃《た》ってるわ。嬉《うれ》しい……」

ピンピンに突き立っているペニスを見て美佐子が言い、手早く服を脱いでいった。

そして白い肌を露《あら》わにして一糸まとわぬ姿になると、気が急《せ》くように添い寝して、甘ったるい匂いを漂わせたのだった。

2

「ああ、何て大きい……」

次郎は目の前で豊かに息づく巨乳に感動して呟《つぶや》き、甘えるように腕枕してもらった。

すると腋の下には生ぬるく湿った腋毛が煙り、いかにも昭和の人妻らしく色っぽい趣が感じられた。

やはりパートと子育てに忙しくケアする余裕もなく、そして出産以来、夫との交渉も疎遠になっているのだろう。

だからこそ、大人しくて自由になりそうな次郎に食指を動かしたようだった。

彼は腋の下に鼻を埋《うず》め、柔らかな腋毛の感触を味わいながら嗅ぐと、何ともミルクのように甘ったるい汗の匂いが濃厚に鼻腔を掻《か》き回してきた。

しかも胸を満たしながら息づく乳首を見ると、濃く色づいた乳首の先端に白濁した雫《しずく》が浮かんでいたのである。

（ぼ、母乳……！）

次郎は感動と興奮に、心の中で歓喜の声を上げた。どうやらさっきから感じられていた甘ったるい匂いは、汗よりも母乳の成分だったようだ。

彼は胸いっぱいに腋の匂いを嗅いでから顔を移動させ、チュッと乳首に吸い付きながら顔中を柔らかな膨らみに押し付けて感触を味わった。

「アア……」

美佐子がビクッと反応して喘《あえ》ぎ、さらに濃厚な匂いを立ち昇らせた。

乳首から滲《にじ》んだ雫を舐《な》め、さらに吸い付いたが、なかなか出てこない。

「吸ってくれるの……？」

美佐子が言い、自ら搾り出すように巨乳を揉《も》みしだいてくれた。

さらに唇で強く乳首の芯を挟み付けるようにして吸うと、ようやく生ぬるい母乳が舌を濡《ぬ》らしてきた。

それは薄甘く、飲み込むと甘美な悦《よろこ》びと甘ったるい匂いが胸いっぱいに広がった。

いったん要領が分かると上手《うま》く吸い出すことが出来、彼は喉を潤して、もう片方の乳首も含んで吸った。

「飲んでるのね、嬉しい……」

美佐子がうねうねと悶《もだ》えながら言い、彼の顔を巨乳に抱きすくめた。

次郎は心地《ここち》よい窒息感に噎《む》せながら、赤ん坊の分がなくなるのではないかと思うほど吸い尽くし、ようやく滑らかな肌を舐め下りていった。

肌は淡い汗の味がし、彼は臍《へそ》を舐め回し、弾力ある腹部に顔中を押し付けて感触を味わった。

豊満な腰のラインからムッチリした太腿《ふともも》へ下降し、そのままニョッキリした健康的な脚を舐め下りた。

脛《すね》にもまばらな体毛があり、野趣溢れる魅力が感じられた。

足首まで下りると足裏に回り込み、彼は踵《かかと》から土踏まずを舐め、指の股に鼻を割り込ませて嗅いだ。

一日中働いて動き回ったそこは、生ぬるい汗と脂にジットリ湿り、ムレムレの匂いが濃厚に沁《し》み付いていた。

次郎は美人妻の足の匂いを貪ってから、爪先にしゃぶり付き、順々に指の股に舌を挿し入れて味わった。

「あう、くすぐったいわ。そんなところまで舐めてくれるの……」

彼女が息を弾ませ、声を震わせて言った。

貪り尽くした彼は、もう片方の足も味と匂いが薄れるほど堪能《たんのう》し、やがて大股開きにさせて脚の内側を舐め上げていった。

白く滑らかな内腿を舐め上げて股間に迫ると、熱気と湿り気が顔中を包み込んできた。

見ると股間の丘には黒々と艶のある恥毛が情熱的に濃く茂り、下の方は愛液の雫を宿していた。

肉づきが良く丸みを帯びた割れ目からは、興奮に濃く色づいた陰唇がはみ出し、そっと指を当てて左右に広げると、微《かす》かにクチュッと湿った音がして中身が丸見えになった。

柔肉もヌメヌメと大量の愛液に潤い、襞《ひだ》のいりくむ膣口《ちつこう》が息づき、ポツンとした小さな尿道口もはっきり見えた。

包皮の下からは、小指の先ほどもあるクリトリスが、亀頭の形をして真珠色の光沢を放ち、ツンと突き立っていた。

「アア、恥ずかしいわ……」

美佐子が、股間に男の熱い視線と息を感じて喘ぎ、白い下腹をヒクヒクと波打たせた。

次郎も吸い寄せられるように顔を埋め込み、柔らかな茂みに鼻を擦《こす》りつけ、隅々に濃く籠もった汗とオシッコの匂いを貪り、鼻腔を刺激された。

舌を挿し入れるとヌルッと淡い酸味の潤いが迎え、彼は膣口の襞をクチュクチュ掻き回し、味わいながらゆっくりクリトリスまで舐め上げていった。

「あぁッ……、いい気持ち……!」

美佐子がビクッと顔を仰《の》け反《ぞ》らせて喘ぎ、量感ある内腿でムッチリときつく彼の両頬を挟み付けてきた。

次郎は豊満な腰を抱え込んで押さえ、執拗《しつよう》にチロチロと舌先でクリトリスを弾いては、新たにトロトロと溢《あふ》れる愛液をすすった。

さらに彼女の両脚を浮かせ、オシメでも替える格好にさせると、白く豊かな逆ハート形の尻に迫った。

谷間の蕾《つぼみ》は、出産の名残《なごり》でもないだろうがレモンの先のように突き出て、実に艶めかしい形状をしていた。

鼻を埋め込むと、顔中に弾力ある双丘が密着し、蕾に籠もった秘めやかな匂いが鼻腔を刺激してきた。

充分に嗅いでから、舌を這《は》わせて収縮する襞を濡らし、ヌルッと潜り込ませて滑らかな粘膜を探ると、

「あう……、ダメ……！」

美佐子が息を詰めて呻《うめ》き、キュッと肛門《こうもん》で舌先を締め付けてきた。

舌を蠢《うごめ》かせると、粘膜は淡く甘苦いような微妙な味があり、彼の鼻先にある割れ目からはヌラヌラと愛液が溢れてきた。

「あうう……、変な感じ……、そんなところ舐められるの初めてよ……」

美佐子が収縮を繰り返しながら、声を上ずらせて言った。

ようやく舌を引き離して脚を下ろすと、次郎は左手の人差し指を唾液に濡れた肛門に浅く潜り込ませ、右手の二本の指を膣口に挿し入れ、再びクリトリスに吸い付いた。

「アア、すごい……！」

美佐子が熱く喘ぎ、前後の穴でキュッときつく指を締め付けてきた。

次郎はそれぞれの指を小刻みに動かして内壁を擦り、ときに膣内の天井のＧスポットも圧迫してやった。

「ダ、ダメ……、いっちゃう……！」

たちまち彼女が声を上げ、ガクガクと狂おしい痙攣《けいれん》を開始した。

指は痺《しび》れるほどきつく締め付けられ、潮でも噴くように大量の愛液がほとばしってシーツにも沁み込んでいった。

とうとう美佐子は力尽きたようにグッタリと身を投げ出して、放心状態になってしまったのだった。

3

「あう……！」

前後の穴からヌルッと指を引き抜くと、美佐子が呻いてビクリと肌を震わせた。

次郎は股間から這い出した。膣内に入っていた二本の指の間は愛液が膜を張るように、白っぽく攪拌《かくはん》された粘液にまみれていた。指の腹は湯上がりのようにふやけてシワになり、淫らに湯気を立てていた。

肛門に入っていた指に汚れの付着はなく、爪にも曇りはないが、微香が感じられた。

そして添い寝していくと、

「ああ……、すごかったわ……」

徐々に彼女も息を吹き返して言い、ノロノロと身を起こして彼の股間に迫ってきた。

次郎が大股開きになると彼女は真ん中に腹這い、何と自分がされたように彼の両脚を浮かせ、尻に舌を這わせてきたのである。

チロチロと舌先が肛門を舐めて濡らし、熱い鼻息が陰嚢《いんのう》をくすぐった。

そしてヌルッと潜り込んでくると、

「く……」

次郎は妖しい快感に呻き、美人妻の舌を味わうようにモグモグと肛門で締め付けた。

彼女も内部で舌を蠢かせてから、脚を下ろして舌を引き離した。

「ずるいわ、自分だけ綺麗《きれい》に洗って……」

美佐子が詰《なじ》るように言い、そのまま陰嚢に舌を這わせてきた。

二つの睾丸《こうがん》を転がし、袋全体を生温かな唾液にまみれさせ、鼻息が肉棒の裏側をくすぐった。

いよいよ舌がペニスをゆっくり這い上がり、先端まで来ると粘液の滲む尿道口をチロチロと舐め、張り詰めた亀頭にしゃぶり付いてきた。

そして丸く開いた口でスッポリと根元まで呑《の》み込んでゆき、熱い鼻息で恥毛をそよがせ、幹を締め付けて吸った。

「アア、気持ちいい……」

次郎が快感に喘ぎ、唾液にまみれたペニスを彼女の口の中でヒクヒクと震わせた。

「ンン……」

美佐子も熱く鼻を鳴らしながら舌をからませ、さらに顔を上下させて小刻みに濡れた口でスポスポと摩擦してくれた。

「い、いきそう……」

次郎が高まって言うと、彼女もすぐにスポンと口を引き離してくれた。さすがにザーメンを口に受け止めるより、一つになりたいのだろう。

「入れたいわ」

「じゃ跨《また》いで上から入れて」

次郎が答えると、美佐子もすぐに身を起こして前進し、彼の股間に跨がってきた。

自らの唾液に濡れた先端に割れ目を押し付けて擦り、位置を定めると息を詰め、若いペニスを味わうようにゆっくり腰を沈み込ませていった。

張り詰めた亀頭が潜り込むと、あとは重みと潤いでヌルヌルッと滑らかに根元まで嵌《は》まり込んでいった。

「アア……、奥まで感じる……！」

完全に座り込むと、美佐子が巨乳を揺すって喘ぎ、密着した股間をグリグリ擦り付けてきた。

次郎は両手を伸ばして抱き寄せ、両膝を立てて豊満な尻を支えた。

美佐子が身を重ねてくると、また色づいた乳首から母乳が滲みはじめていた。

「顔にかけて……」

言うと彼女も胸を突き出し、自ら乳首をつまんで搾り出してくれた。

指を伝ってポタポタと白濁の母乳が滴り、無数にある乳腺からも霧状になったものが彼の顔中に降りかかってきた。

「ああ……」

次郎は喘ぎながら甘ったるい匂いに包まれ、滴る雫を舌に受け、左右の乳首を舐め回した。

すると美佐子が待ちきれなくなったように腰を突き動かし、心地よい摩擦を繰り返してきた。さっき舌と指で果てたが、やはり一つになる快感は別物らしい。

さらに彼女は顔を寄せ、彼の顔中を濡らした母乳に舌を這わせてきたのだ。

次郎も舌をからめ、美人妻の唾液に濡れた舌を味わった。

美佐子の吐息は花粉のように甘く、それに唾液の匂いも混じり、鼻腔の天井に引っ掛かるような悩ましい刺激があった。

「もっと唾を垂らして」

言うと、美佐子も懸命に唾液を分泌させ、形良い唇をすぼめ、白っぽく小泡の多い唾液をトロトロと吐き出してくれた。

それを舌に受けて味わい、彼はうっとりと喉を潤して酔いしれた。

その間も美佐子の腰の動きは続き、彼も両手でしがみつきながらズンズンと股間を突き上げはじめた。

「い、いきそうよ……、すごいわ……」

美佐子が声を上ずらせて口走り、膣内の収縮を活発にさせていった。

たちまち二人の動きがリズミカルに一致すると、粗相したように溢れる愛液が動きを滑らかにさせ、クチュクチュと淫らに湿った摩擦音を響かせた。

互いの股間も愛液でビショビショになり、彼の陰嚢から肛門の方にまで生温かく伝い流れてきた。

とうとう次郎も、心地よい摩擦と、美人妻の唾液と吐息の匂いに包まれながら、昇り詰めてしまった。

「い、いく……！」

突き上がる大きな絶頂の快感に口走ると同時に、熱い大量のザーメンがドクンドクンと勢いよくほとばしり、柔肉の奥深い部分を直撃した。

「あ、熱いわ、いく……、アアーッ……！」

噴出を感じた途端、美佐子もオルガスムスのスイッチが入ったように喘ぎ、ガクガクと狂おしい痙攣を繰り返した。

膣内の収縮も最高潮になり、彼は心ゆくまで快感を味わい、最後の一滴まで出し尽くしていった。

次郎がすっかり満足して突き上げを弱めていくと、

「アア……」

美佐子も満足げに声を洩《も》らし、肌の強《こわ》ばりを解いてグッタリともたれかかってきた。

彼は重みと温《ぬく》もりを受け止め、まだ息づくような収縮を繰り返す膣内で、過敏になったペニスをヒクヒクと跳ね上げた。

「あう……」

彼女も敏感になっているように呻き、キュッときつく締め上げてきた。

そして次郎は、美人妻の甘い刺激の吐息を間近に嗅ぎながら、うっとりと快感の余韻を嚙《か》み締めたのだった。

4

「ね、オシッコしてみて……」

バスルームで、互いの全身を洗い流すと、次郎は床に座って言い、目の前に美佐子を立たせた。

そして片方の脚を浮かせてバスタブのふちに乗せると、開いた股間に顔を埋めた。

湯に濡れた恥毛の隅々に籠もっていた濃い匂いは薄れてしまったが、割れ目を舐めると新たな愛液が溢れ、すぐにも淡い酸味の潤いで舌の動きがヌラヌラと滑らかになった。

「出るかしら……」

美佐子は言い、ためらいなく下腹に力を入れて尿意を高めはじめてくれた。

まだ余韻で朦朧《もうろう》となり、抵抗感や羞恥心も薄れているのだろう。

なおも舐めていると、奥の柔肉が迫《せ》り出すように盛り上がり、急に温もりと味わいが変わった。

「あう、出ちゃう、いいの？　本当に。顔にかかるわ……」

美佐子は息を詰めて言ったが、すでにチョロチョロと熱い流れがほとばしってきた。

それを舌に受けると味と匂いは案外淡く、ぬるい桜湯のようだった。

「アア、信じられない、こんなこと……」

美佐子が息を震わせて言いながら勢いを増して放尿し、彼の口から溢れた分が温かく胸から腹に伝い流れ、ムクムクと回復したペニスが心地よく浸された。

次郎は喉に流し込んだが、ピークを過ぎると急に勢いが衰え、間もなく流れは治まってしまった。

彼は余りの雫をすすり、残り香の中で割れ目内部を舐め回した。すると大量の愛液が残尿を洗い流すように溢れ、淡い酸味のヌメリが満ちていった。

「ああ……、も、もうダメ……」

膝を震わせていた美佐子が言うなり脚を下ろし、力尽きてクタクタと座り込んできてしまった。

それを抱き留め、もう一度次郎は互いの全身をシャワーで洗い流した。

彼は支えながら美佐子を立たせて身体を拭くと、また二人で全裸のまま布団へと戻っていった。

赤ん坊も、たまに起きた様子でむずかりそうになるが、すぐ眠ってしまい、実に静かな子であった。

「何でも飲むのが好きなのね……」

美佐子が呆《あき》れたように言い、彼を仰向《あおむ》けにさせてペニスを弄んだ。

「まだ出来そうだけど、私はもう充分だから、今度は私が飲んであげるわ」

言うなり顔を寄せ、亀頭にしゃぶり付いて舌をからませ、すぐにもスポスポと強烈な摩擦を開始してくれた。

「ああ、気持ちいい、すごく……」

次郎も、美人妻の愛撫《あいぶ》に身を任せて快感に喘ぎ、美佐子の口の中で最大限に膨張していった。

そしてズンズンと小刻みに股間を突き上げはじめると、

「ンン……」

美佐子も熱く呻き、吸引と摩擦、舌の蠢きを激しくしてくれた。

たちまち次郎は絶頂を迫らせ、まるで全身が美人妻のかぐわしい口に含まれているような錯覚の中、あっという間に昇り詰めてしまったのだった。

「い、いく……、ああッ……！」

彼は快感に喘ぎ、ありったけのザーメンをドクンドクンとほとばしらせ、彼女の喉の奥を直撃した。

「ク……」

噴出を受けて呻き、なおも美佐子は吸い付いてくれた。

強く吸引されると、ドクドクと脈打つリズムが無視され、何やらペニスがストローと化して、陰嚢から直に吸い出されているような快感が湧いた。

「あう、すごい……」

次郎は魂まで吸い取られるような思いで、腰をよじりながら呻き、最後の一滴まで出し尽くしてしまった。

やがて満足しながら強ばりを解き、グッタリと四肢を投げ出すと、彼女も吸引を止め、亀頭を含んだまま口に溜《た》まったザーメンをゴクリと飲み込んでくれた。

「う……」

嚥下《えんげ》とともにキュッと締まる口腔に刺激され、彼は駄目押しの快感に呻いた。

ようやく、美佐子がチュパッと口を離すと、なおも余りをしごくように幹を握って動かし、尿道口に脹《ふく》らむ白濁の雫まで丁寧に舐め取ってくれたのだった。

「も、もういい、どうも有難う……」

次郎は射精直後のペニスを刺激され、降参するように悶えながら声を絞り出した。

美佐子も舌を引っ込め、股間から這い出して添い寝し、また腕枕してくれた。

次郎は巨乳に顔を埋めて荒い息遣いを繰り返し、また母乳の滲んでいる乳首に吸い付いて、さらに匂いに包まれながら、うっとりと快感の余韻を味わったのだった。

5

「だいぶ慣れてきたね。もう叱られることも少なくなっただろう」

翌日の退社間際、次郎は、新人デパガの浩美に言った。

偉そうに言っているが、次郎も同期の入社である。

ただ彼は、定年の年から四十年もタイムスリップして二十三歳になっているから、何しろ他の社員とは経験値が違うのだ。

「ええ、有難うございます。でも、どうすれば小川さんみたいに早く仕事が覚えられるのか、その秘訣《ひけつ》を知りたいです」

二十歳の浩美が、愛くるしい笑顔を向けて言う。

すでに肉体関係を持っているから、すぐにも彼はムクムクと勃起してきてしまった。

やはり人妻を味わった次は、別の味を楽しみたくなるのか、短大を出て間もない二十歳の娘に食指が動いてしまうようである。

「良ければ夕食でも行く？」

「いえ、今夜はカレーの余りがあるので。あ、良ければうちへ来ますか」

周囲に聞かれないよう気をつけながら浩美が囁いた。

（シチューの次はカレーか……）

次郎は思ったが、すぐにも頷《うなず》いて一緒に退社した。そして気が急く思いでタクシーを奮発し、彼女のアパートへ行った。

浩美は鍵を開けて次郎を招き入れ、彼は室内に籠もる若い体臭を吸収した。

そして彼女は次郎を待たせて上着を脱ぎ、昨夜の美佐子のように手際よくカレーとご飯を温めてくれた。

ないのは缶ビールぐらいのもので、次郎も期待が大きいのでビールなど要らず、早く食事を済ませて本番に臨みたかった。

そして仕度が出来ると、また彼はろくに味わう余裕もなくカレーライスを食べ、もちろん旨いと褒め称《たた》えた。

食事を終えると、水を飲んで休憩してからシャワーを借りた。

また彼女の歯ブラシをこっそり借り、湯を浴びながら歯磨きと放尿を済ませ、念入りに股間を洗ってから身体を拭いた。

脱衣所の洗濯機には浩美の下着も入っていたが、今は何しろ生身の彼女が待っているのだから漁《あさ》るようなこともせず、腰にタオルを巻いて部屋に戻った。

すると、すでに照明が落とされ、浩美もベッドの端に座って待っていた。

「私は、シャワー浴びちゃいけないんですよね……」

「うん、ナマの匂いが好きだからね」

「すごく恥ずかしいけれど、小川さんが望むのなら……」

浩美は素直に答え、羞《は》じらいながら服を脱ぎはじめてくれた。

彼も腰のタオルを外してベッドに横になり、二十歳の匂いの沁み付いた枕に顔を埋めながら、脱いでゆく彼女を眺めた。

「あれから、早く二人っきりになりたくて仕方がなかったんです」

彼女が脱ぎながら言う。

「そう、それは嬉しいよ。じゃ、思い出して自分でいじっちゃった？」

「え、ええ……」

浩美は頷き、たちまち全裸になった。

「じゃ、ここに立ってね」

次郎は仰向けのまま言って顔の横を指すと、浩美も恐る恐るベッドに上り、彼の顔の横にモジモジしながら立ってくれた。

「足の裏を、僕の顔に乗せて」

次郎は激しく勃起しながらせがんだ。

処女のときは、あまりあれこれ要求できなかったが、もう浩美も体験して快感を知ったのだから、少々のことはお願いしても構わないだろう。

「そ、そんな……」

文字どおり尻込みする彼女の足首を握り、顔に引き寄せると、

「あん……」

浩美は小さく声を洩らし、壁に手を突いてフラつく身体を支えながら、そろそろと足裏を彼の顔に乗せてしまった。

「ああ、いいのかしら、人の顔を踏むなんて……、でも変な感じ……」

浩美はか細く言い、ガクガクと膝を震わせた。

次郎も二十歳の足裏を顔に受け、うっとりと酔いしれながら舌を這わせた。そして縮こまった指の間に鼻を押し付け、汗と脂に湿って蒸れた匂いを貪った。

「あう……、汚いのに……」

爪先にしゃぶり付き、順々に舌を指の股に潜り込ませると、浩美が息を詰めて呻いた。

味わい尽くすと彼は脚を交代させ、そちらも味と匂いを存分に堪能した。

「じゃ、跨《つか》いでしゃがんでね」

足首を摑んで顔の左右に置きながら言うと、浩美も跨がり、真下からの視線に息を震わせながら、ゆっくりと和式トイレスタイルでしゃがみ込んでくれた。

脚がM字になり、脹《ふく》ら脛《はぎ》と太腿がムッチリと張り詰め、ぷっくりした割れ目が鼻先に迫ってきた。

「もう濡れてるよ」

「あん、言わないで……」

指で花びらを開きながら言うと、浩美も腰をくねらせて小さく答えた。

確かに、ピンクの柔肉は清らかな蜜にヌメヌメと潤い、処女でなくなったばかりの膣口が、花弁状の襞を息づかせていた。

小粒のクリトリスも、包皮を押し上げるように精一杯ツンと突き立ち、股間に籠もる熱気が顔中を包み込んだ。

腰を抱き寄せて若草に鼻を擦りつけて嗅ぐと、やはり生ぬるく甘ったるい汗の匂いが大部分で、それにほのかな残尿臭と、恥垢《ちこう》の淡いチーズ臭が混じって鼻腔を悩ましく刺激してきた。

「いい匂い」

「あん、ダメ……」

犬のようにクンクン鼻を鳴らしながら言うと浩美は声を震わせ、思わず座り込みそうになりながら懸命に彼の顔の左右で両足を踏ん張った。

舌を挿し入れて膣口の襞をクチュクチュ搔き回すと、淡い酸味のヌメリが舌の動きを滑らかにさせた。

ゆっくり味わいながらクリトリスまで舐め上げていくと、

「アアッ……!」

浩美が熱く喘いでベッドの桟に摑まるので、まるでオマルにでも跨がっているようだった。

チロチロとクリトリスを舐め回すと、熱い蜜が滴るほどに溢れてきた。

さらに彼は尻の真下に潜り込み、顔中にひんやりした双丘を受け止めながら、谷間の可憐《かれん》な蕾に鼻を埋めて嗅いだ。

やはりシャワートイレも完備していない昭和時代だけに、汗の匂いに混じり生々しい匂いが可愛《かわい》らしく沁み付いていた。

次郎は匂いを貪ってから舌を這わせて震える襞を濡らし、ヌルッと潜り込ませて滑らかな粘膜を味わった。

「あう……！」

浩美が呻き、キュッと肛門で舌先を締め付けてきた。

次郎は舌を蠢かせ、再び割れ目に戻って大量の蜜をすすってクリトリスに吸い付いた。

「も、もうダメ……」

浩美が言って、ビクリと股間を引き離してしまった。

次郎は仰向けのまま、浩美の顔を股間に押しやると、彼女も素直にペニスに唇を寄せてきた。

熱い息が股間に籠もり、粘液の滲む尿道口に浩美の舌先がチロチロと這い、さらに丸く開いた口でモグモグとたぐるように根元まで呑み込んでくれた。

温かく濡れた口腔に深々と含まれ、次郎はうっとりと快感を噛み締めた。

「ンン……」

浩美は熱い鼻息で恥毛をくすぐり、幹を締め付けて吸い、口の中ではクチュクチュと舌を蠢かせた。

たちまち彼自身は、生温かく清らかな唾液にまみれて震えながら高まっていった。

6

「い、入れたい……」

次郎が言うと、浩美もチュパッと軽やかに口を引き離し、仰向けになってきた。

今回は、正常位を試したいようだ。

入れ替わりに次郎も身を起こし、彼女の股を開かせて股間を進めていった。

急角度にそそり立った幹に指を添えて下向きにさせ、濡れた割れ目に先端を擦り付けてヌメリを与え、位置を定めるとゆっくり潜り込ませた。

張り詰めた亀頭が潜り込み、あとはヌルヌルッと滑らかに根元まで吸い込まれ、

「アアッ……！」

浩美がビクッと顔を仰け反らせて喘ぎ、キュッときつく締め付けてきた。

彼は熱いほどの温もりと狭い感触を味わいながら股間を密着させ、身を重ねて

いった。

そして屈《かが》み込んで、左右のピンクの乳首を順々に含んで舐め回し、張りのある膨らみと甘い体臭を味わった。

もう挿入の痛みも初回ほどではなく、むしろ再び一つになれた悦びで、膣内がキュッキュッと味わうような収縮を繰り返した。

左右の乳首を味わってから、腕を差し上げて腋の下にも鼻を埋め込むと、そこはジットリと生ぬるく湿り、甘ったるい汗の匂いが濃厚に籠もっていた。

「アア……」

浩美がくすぐったそうに身を震わせて喘ぎ、下から両手でしがみついてきた。

「痛くない？」

「ええ、大丈夫です……」

囁くと彼女が答えたので、次郎も腰を突き動かしはじめた。

締め付けと潤いのバランスが良く、いったん動くとあまりの快感に腰が止まらなくなってしまった。

「あう……、か、感じる……」

二度目にして彼女は痛みより、男と一つになった充足感と快感を覚えはじめたように口走った。

次郎も摩擦に酔いしれながら体重を預けると、胸の下で張りのある乳房が心地よく押し潰れて弾み、恥毛が擦れ合い、コリコリする恥骨の感触も伝わってきた。

愛液も豊富なので律動が滑らかになり、クチュクチュと湿った摩擦音が聞こえ、揺れてぶつかる陰嚢も生温かく濡れた。

次郎は腰を遣いながら、上からピッタリと唇を重ね、グミ感覚の弾力を味わった。

舌を挿し入れて滑らかな歯並びを左右にたどると、彼女も歯を開いて舌を触れ合わせてきた。

チロチロとからみつけると、生温かな唾液に濡れた舌が滑らかに蠢き、彼は快感を高めて股間をぶつけるように激しく動きはじめてしまった。

「ああ……」

浩美が、息苦しくなったように口を離して喘いだ。

開いた口に鼻を押し込んで嗅ぐと、熱い湿り気が鼻腔を満たしてきた。

カレーの香りがするかと思ったが、若々しくジューシーな浩美は、何を食べても多めに分泌される唾液に浄《きよ》められてしまうようで、いつもと同じ可愛らしく甘酸っぱい果実臭が感じられた。

次郎は浩美のかぐわしい吐息を胸いっぱいに嗅ぎながら激しく動き続け、とうとう昇り詰めてしまった。

「く……！」

大きな快感に呻き、熱い大量のザーメンをドクンドクンと勢いよく内部にほとばしらせると、

「き、気持ちいい……、あぁーッ……！」

噴出を感じた途端に浩美も熱く声を上ずらせ、キュッキュッと膣内の収縮を活発にさせたのだ。

どうやらオルガスムスに達したようで、彼はその成長ぶりに驚き、また大きな悦びに満たされた。

次郎は心ゆくまで快感を嚙み締め、最後の一滴まで出し尽くしていった。

ようやく満足して動きを弱めていくと、

「アア……」

浩美も小さく声を洩らし、肌の硬直を解いてグッタリと身を投げ出していった。

まだ膣内は、初めての快感に戦《おのの》くような収縮が繰り返され、刺激されたペニス

がヒクヒクと過敏に震えた。

やがて次郎は完全に動きを止め、浩美の喘ぐ口に鼻を押し付け、甘酸っぱい息を嗅ぎながら、うっとりと快感の余韻を味わったのだった。

「乱暴に動いたけど、大丈夫だったかな」

「ええ、すごく良かったです……」

呼吸を整えながら囁くと、浩美も息を震わせて答えた。

「驚いたよ。こんなに早く感じるようになるなんて」

「でも私の知り合いで、初めてのときからいっちゃった人がいるので」

浩美が言い、中には、そんな女性もいるのだなと彼は思った。

やがて股間を引き離すと、ティッシュの処理をせずに、そのまま浩美を引き起こして一緒にバスルームに入った。

身体を洗い流すと、ようやく浩美もほっとしたようだった。

「ね、オシッコするところ見せて」

次郎は、また興奮を高めて言い、床に座って目の前に彼女を立たせた。

「そんな、無理です……」

「少しでいいから」

尻込みする浩美の腰を抱え、割れ目に顔を埋め込んだ。もう悩ましい匂いも消えてしまったが、舌を這わせると新たな蜜が湧き出してきた。

「あん、そんなに吸ったら本当に出ちゃいそう……」

浩美も、まだ朦朧としながら尿意が高まったようで、ガクガクと膝を震わせた。

「いいよ、出して」

次郎がクリトリスを吸い、内部を舐め回しながら言うと、たちまち柔肉が蠢いて味わいが変わってきた。

「あう、出ちゃう……」

浩美が息を詰めて言うなり、チョロチョロと熱い流れがほとばしってきた。

次郎は舌に受け、淡い味と匂いを堪能して清らかな流れで喉を潤した。

しかし一瞬勢いが増したと思ったら、あまり溜まっていなかったのか、すぐに流れが治まってしまった。

次郎は余りの雫をすすり、残り香を感じながら濡れた割れ目を舐め回した。

「も、もうダメです……」

浩美が声を震わせて言い、とうとう股間を引き離してしまったのだった。

7

「昨日、秋野さんと一緒にタクシーに乗ったでしょう」

翌日の退社間際、次郎が地下の食料品売り場を見回ると、美佐子が来て囁いた。

確かに昨夜は浩美のアパートへ行き、バスルームから出た後も、もう一回濃厚なセックスをしてきたのである。

誰にも見られないよう気を配ったのだが、美佐子が目撃していたようだ。

「え……」

「いいの、誰にも言わないわ。その代わり」

美佐子が目をキラキラさせて言い、彼を女子更衣室に誘い込んだ。

女性の従業員やパートは全て着替えて帰り、残っているのは美佐子だけのようだった。もう誰かがここへ入ってくることはないだろう。

美佐子は手早く三角巾とエプロンを外し、次郎を休憩用のソファに招いた。

「ここでしましょう」

彼女が言って膝を突き、ソファに座った次郎の股間のファスナーを下げてきたので、彼も観念して自分で脱ぎ、下着ごとズボンを膝まで下ろした。

するとと美佐子がペニスに顔を寄せ、小指を立てた指で包皮を剝《む》くと、クリッと露出した亀頭にしゃぶり付いてきた。

「ああ……」

次郎は唐突な快感に喘ぎ、美人妻に吸われて舐め回されながら、彼女の口の中でムクムクと最大限に勃起してしまった。

「ンン……」

美佐子も熱く鼻を鳴らして貪りながら、ロングスカートの裾をめくって、もどかしげに下着を脱ぎ去ってしまった。

やがて完全に勃起したペニスが生温かな唾液にまみれると、彼女はスポンと口を引き離した。

「舐めさせて……」

もちろん次郎も言って彼女の手を引くと、美佐子も靴を脱いでソファに上り、彼の顔に股間を突き出してきたのである。

柔らかな茂みに鼻を埋め込むと、今日も熱く濃厚な汗とオシッコの匂いが沁み付き、馥郁《ふくいく》と鼻腔を掻き回してきた。

次郎は悩ましい匂いでうっとりと胸を満たしながら、割れ目に舌を這わせ、陰唇の内側を掻き回した。

「ああ……、いい気持ち……」

美佐子が喘ぎ、すぐにもヌラヌラと生ぬるい愛液が湧き出して、舌の動きを滑らかにさせた。

彼はクリトリスに吸い付き、溢れるヌメリをすすった。

「す、すぐ入れたいわ……」

美佐子が言う。やはり誰も来ないとはいえ、職場でするのは気が急くのだろう。

「待って、お尻も舐めたい」

彼が言って美佐子を後ろ向きにさせると、

「ああ、恥ずかしいのに……」

彼女も言いながら裾をめくり上げ、白く豊満な尻を突き出してくれた。

双丘に顔を密着させ、谷間の蕾に鼻を埋めて嗅ぐと、やはり蒸れた汗の匂いに混じり、生々しい匂いが鼻腔を刺激してきた。

次郎は充分に嗅いでから舌を這わせ、チロチロと蕾を舐め回して濡らし、ヌルッと潜り込ませた。

「あう……」

美佐子が呻き、肛門を締め付けてきた。

次郎が滑らかな粘膜を味わうと、やがて彼女が尻を引き離して向き直った。

「も、もういいでしょう？」

言って跨がり、しゃがみ込んで先端を膣口に受け入れていった。

たちまち屹立《きつりつ》したペニスが、ヌルヌルッと滑らかな肉襞の摩擦を受けながら根元まで嵌まり込み、彼女も完全に座り込んで股間を密着させた。

「アア……、いい気持ち……」

美佐子が正面から身体を押し付けて喘ぎ、両手でしがみついてきた。

そしてピッタリと唇を重ね、舌をからめながらズンズンとスクワットするように腰を上下させはじめたのだ。

「ンン……」

彼女が熱く呻き、溢れる愛液でたちまち動きが滑らかになっていった。

股間を覆うスカートの内部でピチャクチャと淫らな摩擦音が響き、次郎もネットリと舌をからめ、生温かな唾液のヌメリに高まっていった。

母乳が飲めないのは物足りないが、ここで全て脱ぐわけにもいかないので我慢するしかないだろう。

「ああ、いきそう……」

美佐子が淫らに唾液の糸を引いて口を離し、熱く囁いた。

吐き出される湿り気ある息は、花粉のような甘さに、昼食か試食の名残か、ほのかなオニオン臭も混じって悩ましく鼻腔を刺激してきた。

その刺激が、いかにもケアしていない普通の主婦といった感じで、やけに新鮮な興奮が湧いた。

美佐子の動きに合わせ、彼も下からズンズンと股間を突き上げ、何度となく舌をからめて息を嗅いでいるうちにジワジワと絶頂が迫ってきた。

すると先に、美佐子の方がガクガクと狂おしいオルガスムスの痙攣を開始してしまったのだ。

「い、いく……、アアーッ……！」

彼女が喘ぎ、声が外にまで聞こえるのではないかと心配したが、膣内の収縮に巻き込まれ、続いて次郎も絶頂に達してしまった。

「く……！」

絶頂の快感に呻きながら、ありったけの熱いザーメンをドクンドクンと勢いよ

く内部にほとばしらせると、

「あう、もっと……！」

噴出を感じ、駄目押しの快感を得た美佐子が呻き、さらにキュッキュッときつく締め付けてきた。

次郎も快感を噛み締め、心置きなく最後の一滴まで出し尽くしていった。

満足しながら突き上げを弱めていくと、

「ああ、すごく感じたわ……」

美佐子も肌の硬直を解きながら吐息混じりに囁き、グッタリと正面から次郎にもたれかかってきた。

キュッキュッと締まる膣内に刺激され、彼はヒクヒクと幹を過敏に震わせ、濃厚な吐息を嗅ぎながら、うっとりと快感の余韻に浸り込んでいった。

美佐子は、激情が過ぎると急に冷静さを取り戻したように、股間を引き離して手早くティッシュで割れ目を処理し、身繕いをした。

そして屈み込んで、愛液とザーメンに濡れた亀頭をしゃぶってからティッシュで拭き、綺麗にしてくれたのだった。

「まだ見回りの途中でしょう？　私は少し休憩してから帰るわ」

美佐子がソファに座って言い、次郎も身繕いをして、余韻に包まれながら女子更衣室を出たのだった。

第五話　二人がかりの宵

1

「本当に有名になったね。僕も嬉《うれ》しいよ」

次郎は、すっかり有名アイドルになった加藤さやかと再会して笑顔で言った。

仕事帰り、さやかの招きを受けてホテルのレストランに来ていたのだ。

まだ無名の頃、駆け出しアイドルの彼女がまほろばデパートの屋上でイベントをして、そのあと次郎は処女を頂いてしまったのだ。

その後は次郎の予言通り、さやかはめきめきと有名になってドラマやCMに引っ張りだこのトップアイドルになったのである。

もっとも予言というよりも、未来から来た次郎がさやかの行く末を知っていたに過ぎないのだが。

それで今夜は時間が空いたので、お礼に夕食を招待してくれたのである。

「でも、もう一人来るんです。高校時代の先輩で、今は二十歳で女子大生の真紀《まき》さんと言います」

さやかが言い、入り口の方に目を遣《や》った。

（なんだ、二人きりの差し向かいじゃないのか……）

食事のあとを期待していた次郎は、些《いささ》か拍子抜けがした。まあ、考えてみればさやかも有名人だから、いかに顔を隠しても男とホテルの部屋にしけ込むことなど控えているのだろう。

仕方ないので、次郎も美女たちとの食事を楽しむことにした。

久々に会うさやかも、格段と輝くように美しくなっているので、見ているだけで心が躍った。

「あ、来ました」

さやかが言って手を振ると、美しい女性が入ってきて彼女の隣に座った。

「よろしく、小川です」

「はい、さやかから聞いてます」

次郎が挨拶すると、彼女も笑みを浮かべて言った。

黒髪が長く、この時代に流行《はや》りの眉が濃く、彼女もアイドルを目指していたのではないかと思うほどの美形だった。

真紀はもう成人しているので次郎とビールで乾杯し、さやかはジュースを飲んだ。

次々に料理が運ばれ、三人で食事しながら話をした。真紀とさやかは二学年違い、合唱部の先輩後輩だったようだが、今でも仲良しらしい。

食事を終えてコーヒーも飲んだので、そろそろ店を出ることにした。

「まだよろしいですね？　お部屋を取ってあるんです」

するとさやかが言い、もちろん次郎は応じた。そして三人で上階にある部屋に入ると、そこにはダブルベッドが据えられていたのである。

「実は、真紀さんはまだ処女なんです」

「え……？」

さやかの言葉に、次郎は思わず聞き返した。

さやかは、秘密を打ち明けるようにひたむきな眼差《まなざ》しで言った。

「高校時代、私たちは女同士で少しだけ愛し合ったことがありました」

「うわ……」

次郎は驚き、この美女と美少女のカラミを想像して思わず股間を熱くさせてしまった。

「でも真紀さんは私の話を聞いて、同じ人に捧《ささ》げたいというものですから」

「そ、そう……」

妖しい展開に、次郎もすっかり緊張と興奮を湧かせて答えた。

「構わないでしょうか。もっとも真紀さんも一対一だと不安だと言うので、私も一緒ですけれど」

さやかが言い、からかっているふうもなく真紀ともども真剣な眼差しを向けた。

「ぼ、僕は全く構わないのだけれど、真紀さんは僕なんかでいいのかい?」

「はい、さやかと同じ相手だから、願ってもないことなんです」

真紀も、どうやら本気のようだった。

「そ、それなら僕に異存はないけれど、先にシャワーを借りたいんだ。仕事帰りだからね」

次郎はしどろもどろになって言い、二人が頷《うなず》いたので、上着だけ脱いでバスルームへと移動した。

（こ、これは現実のことなんだろうか……）

すぐさま全裸になってシャワーの湯を出しながら、次郎は思った。

もっとも四十年前に戻ったこと自体が夢のようなものである。

とにかく手早く歯を磨きながらシャワーを浴び、石鹸で腋《わき》や股間を擦《こす》り、放尿まで済ませて全身綺麗《きれい》さっぱりとなった。

身体《からだ》を拭いて腰にバスタオルを巻き、脱いだものを持って恐る恐る部屋に戻ると、すでに照明がやや暗くされ、ベッドも布団がめくられて準備が整っていた。

どうやらドッキリカメラではないようで、次郎もムクムクと激しく勃起してきた。

「じゃ、私たちも浴びてきますね」

真紀が言い、さやかも脱ぎはじめた。

「いや、待って。君たちは今のままでいいからね」

もちろん次郎は慌てて押しとどめた。

「え？　だって私たちゆうべお風呂に入ったきりだし、さやかは仕事で、私も今日はずいぶん動き回ったから」

真紀は言ったが、次郎はゾクゾクと興奮を高めながら答えた。

「ぼ、僕は自然のままの匂いがしないと燃えないんだ。だからどうか我慢して、今のままでお願い」

「まあ、恥ずかしいわ……」

彼が言うと、真紀は驚いて答えた。

「でも、無理を聞いてもらうんだし、小川さんがそうまで熱心に言うのなら」

すでに体験済のさやかが言うと、ようやく真紀も決心してくれたようだ。

「分かりました。じゃ、最初の段取りは私たちが決めて構いませんね？」

「うん、何でも言って」

言われて、次郎も頷いた。

「じゃ、ここに寝て下さい」

真紀に言われ、次郎も腰タオルのままベッドに仰向《あおむ》けになった。

すると真紀は、さやかと目を合わせて頷き合い、モジモジしながら服を脱ぎはじめてくれたのだった。

仰向けのまま見ていると、もうためらいはないようで二人ともみるみる健康的な肌を露《あら》わにしていった。

たちまち室内に、二十歳の女子大生と十八歳のスーパーアイドルの体臭が甘ったるく混じって立ち籠めはじめたのだった。

2

「じゃ、これ取りますね」

二人とも一糸まとわぬ姿になると、さやかが言い、次郎の腰のバスタオルを取り去ってしまった。

もちろんペニスはピンピンに勃起していたが、真紀は恥ずかしいのか、まだ視線を逸《そ》らせていた。

「じゃ、縦に半分ずつね」

さやかが言い、仰向けの次郎を二人が左右から挟み付けてきた。

どうやら段取りは、後輩だが経験者のさやかが決め、真紀が従う感じである。

次郎も期待に胸を高鳴らせながらじっとしていると、二人が左右からいきなり彼の乳首にチュッと吸い付いてきたのだった。

「あう……」

唐突な快感に呻《うめ》くと、二人は熱い息で肌をくすぐりながらチロチロと乳首を舐《な》め回した。特に真紀は髪が長いので、サラサラと肌が心地《ここち》よくくすぐられた。

「か、噛《か》んで……」

ペニスを震わせながら思わず言うと、二人も綺麗な歯並びでキュッと左右の乳首を噛んでくれた。

「ああ、気持ちいい。もっと強く……」

息を弾ませて言うと、二人もやや力を込めてくれ、次郎は甘美な刺激にクネクネと身悶《みもだ》えた。

さらに二人は脇腹に移動し、打ち合わせが出来ていたように肌を舐め下りていったのだ。舌だけでなく、ときに軽く歯も立ててくれた。

さやかが縦に半分ずつと言ったので、まるで本当に彼は、美女たちに半分ずつ全身を食べられていくような興奮に包まれた。

左右の腰骨を舐められるとくすぐったく、思わず腰をくねらせてしまった。

そして二人は股間を避け、太腿《ふともも》から脚を舐め下りていったのである。

まるで日頃から、次郎が女性に愛撫《あいぶ》する段取りそのものだった。

足首まで行くと、二人は回り込んで並び、彼の足裏まで舐め回し、爪先にしゃぶり付いてきた。

「あう、いいよ、そんなことしなくて……」

申し訳ない快感に呻いて言ったが、二人は厭《いと》わず、指の股に順々にヌルッと舌を割り込ませてきたのだ。

まるで生温かなヌカルミでも踏むような感覚で、次郎は二人の清らかな舌を、唾液に濡れた指先で挟み付け、何とも贅沢《ぜいたく》な快感を味わった。

あるいは二人も、レズごっこしていた頃にこうした細やかな愛撫をし合っていたのかも知れない。

やがてしゃぶり尽くすと、二人は彼を大股開きにさせ、左右の脚の内側を舐め上げてきた。内腿にもキュッと綺麗な歯が食い込み、二人は股間に迫って頬を寄せ合い、熱い息を混じらせた。

すると、さやかが次郎の脚を浮かせ、先に尻の谷間に舌を這《は》わせてくれたのである。

チロチロと滑らかに肛門《こうもん》を舐めて濡《ぬ》らし、ヌルッと潜り込ませると、

「く……！」

彼は妖しい快感に呻き、思わずキュッときつく肛門でスーパー美少女アイドル

の舌を締め付けた。

さやかが中で舌を蠢《うごめ》かすたび、内側から刺激されるように勃起したペニスがヒクヒクと上下した。

やがてさやかがヌルッと舌を引き抜くと、すかさず真紀も、唾液に濡れた肛門を舐め回し、同じように潜り込ませてきたのだ。

「アア……」

次郎は喘《あえ》ぎながら、微妙に違う感触と温《ぬく》もりの舌を味わうように、モグモグと肛門で締め付けた。

夢のような快感を味わい、ようやく真紀の舌が引き抜かれると脚が下ろされ、二人が顔を寄せ合って彼の股間に熱い視線を這わせてきた。

「こうなってるの……」

真紀が、息を震わせて呟《つぶや》いた。

二十歳まで処女でいるからには、同性が好みということもあっただろうが、多くの男の誘いもはねつけるポリシーのようなものがあったのだろう。

それがこうして今日、次郎と縁が出来たというのも感慨深いものがあった。

「変な形でしょう。私も最初はそう思ったわ。邪魔じゃないのかなって」

さやかも言い、何やら美女と美少女が股間で、ペニスを話題に内緒話しているようで、彼は熱い視線と息を二人分受けて激しく高まった。

そして充分に観察してから、二人はまず同時に陰嚢《いんのう》に舌を這わせ、それぞれの睾丸《こうがん》を転がし、袋全体をミックス唾液で生温かくまみれさせた。

「ああ……」

二人がかりとなると快感も二倍で、次郎はゾクゾクと胸を震わせて喘いだ。

やがて二人の舌先は、とうとう肉棒の裏側と側面を、ゆっくりと滑らかに這い上がってきたのである。

先端まで来るとさやかが幹に指を添えて支え、先に粘液の滲《にじ》む尿道口をチロチロと舐めてくれた。

さらに張り詰めた亀頭をしゃぶり、吸い付いてチュパッと引き離すと、真紀も舌を這わせてくれた。真紀が最初ではなく、毒味するようにまずはさやかが舐め、その唾液の痕をたどる分には抵抗がないようだった。

真紀も先端を舐めてから、上品な口を丸く開いて亀頭をくわえ、スッポリと呑《の》み込んでくれた。上気した頬をすぼめて吸い付き、口の中ではクチュクチュと舌がからみついた。

「アア……」

次郎は、二人分の唾液にまみれたペニスを震わせて喘いだ。立て続けだと、やはり二人の口腔《こうこう》の温もりや感触の違いが分かり、それぞれに心地よかった。

しかも真紀は処女なのである。

無垢《むく》な口の中で幹を脈打たせ、スポンと引き離れるとまたさやかがしゃぶり、二人が交互に吸い付き、果ては同時に二人で亀頭を舐め回してきた。

女同士の舌が触れ合っても、レズごっこしてきた仲だから気にならないようだ。

まるで美しい姉妹が、一本のキャンディを同時に舐めているような感じである。

もう次郎は、どちらにしゃぶられているかも分からないほど高まり、抑えきれないまま昇り詰めてしまったのだった。

「い、いく……！」

警告を発したが、二人は強烈な愛撫《あいぶ》を止《や》めず、果ては含んだまま顔を上下させ、スポスポと摩擦しはじめたのだ。

「アアッ……！」

もう堪《たま》らず、次郎は声を洩《も》らしながら熱い大量のザーメンをドクンドクンと勢いよくほとばしらせてしまった。

3

「ク……、ンン……！」

ちょうどペニスを含んでいた真紀が、喉の奥を直撃されて呻き、驚いたように口を離した。

「飲んで」

さやかが言うなり、すぐにも亀頭を含んで余りのザーメンを吸い出してくれた。

射精の最中に強く吸われると、ドクドクと脈打つリズムが無視され、何やらペニスがストローと化し、陰嚢から直に吸い出されているような激しい快感が湧いた。

「あう……」

次郎は魂まで吸い取られる思いで呻き、最後の一滴まで、とびきりの美少女の口に出し尽くしてしまった。

「アア……」

すっかり満足しながら声を洩らし、彼がグッタリと身を投げ出すと、さやかも吸引と摩擦を止め、亀頭を含んだまま口に溜《た》まったザーメンをコクンと飲み込んでくれた。

「く……」

喉が鳴ると同時に口腔がキュッと締まり、次郎は駄目押しの快感に呻いてピクンと幹を震わせた。

飲み干すと、ようやくさやかが口を離し、なおも余りを搾り出すように幹をしごき、尿道口に脹《ふく》らむ白濁の雫《しずく》まで丁寧に舐め取ってくれた。

「も、もういい、有難う……」

次郎は呻いて言い、過敏に幹を震わせて降参するように腰をよじらせた。

「生臭いわ。これが生きた精子なのね……」

真紀も、濃厚な第一撃を飲み込んだようで、微《かす》かに眉をひそめて言った。

「さあ、これですっきりしたでしょう。回復するまで、何でもしてあげるから言って下さいね」

さやかが顔を上げて言った。あれから僅かの間に、美しさに磨きがかかったこともあるが、さらに仕草や言葉が大人びていることに気づいた。

もう次郎以外の男も、知ってしまったのかも知れない。

「じゃ、ここに立って、二人の足を僕の顔に乗せて……」

次郎は仰向けのまま、息を弾ませて要求した。射精で脱力しているが、淫気だけはさらに増しているのだ。

「いいわ」

さやかが言い、真紀を促して立ち上がり、彼の顔の左右にスックと立った。

下から見上げる美女と美少女の全裸は、何とも壮観だった。まださやかは少女の体型を残してムチムチと健康的で、真紀はスラリと長身で脚も長かった。

やがて二人は身体を支え合いながら、そろそろと片方の足を浮かせ、そっと次郎の顔に乗せてくれた。

「ああ……」

二人分の足裏の感触を顔に受けて喘ぎ、射精直後で満足していたペニスが、すぐにもムクムクと回復してきた。

次郎はそれぞれの足裏に舌を這わせ、指の間に鼻を押し付けて嗅いだ。

二人とも同じぐらいの濃度で、どちらも指の股は汗と脂に生ぬるく湿り、ムレムレの匂いが濃く沁《し》み付いていた。

次郎は混じり合った匂いを貪りながら順々に爪先にしゃぶり付き、全ての指の間に舌を割り込ませた。

「あう、くすぐったいわ……」

真紀が呻き、ビクリと脚を震わせた。

しゃぶり尽くすと足を交代してもらい、次郎はそちらも新鮮な味と匂いを貪り尽くしたのだった。

「じゃ、顔に跨《また》がってしゃがんでね」

舌を引っ込めて言うと、さやかが先に彼の顔に跨がり、和式トイレスタイルでしゃがみ込んできた。

脚がM字になると脹《ふく》ら脛《はぎ》と内腿がムッチリと張り詰め、ぷっくりと丸みを帯びた割れ目が鼻先に迫ってきた。

はみ出したピンクの花びらはヌラヌラと大量の蜜に濡れ、指で広げると快楽を覚えはじめた膣口《ちつこう》が、花弁状に襞《ひだ》を入り組ませて息づいていた。

ポツンとした尿道口もはっきり見え、光沢ある小粒のクリトリスもツンと可憐《かれん》に突き立っていた。

多くのファンが、さやかのこの部分を想像してオナニーしているだろうが、それを次郎は現実に見ているのである。

腰を抱き寄せて楚々《そそ》とした若草に鼻を埋《うず》めて嗅ぐと、甘ったるい汗とほのかなオシッコ臭が混じって蒸れ、さらに淡いチーズ臭も鼻腔を刺激してきた。

次郎はスーパーアイドルの匂いを貪りながら舌を挿し入れ、淡い酸味のヌメリを掻《か》き回しながら、膣口からクリトリスまで舐め上げていった。

「あん、いい気持ち……」

さやかがビクリと反応して喘ぎ、思わず座り込みそうになるのを、彼の顔の左右にある両足で懸命に踏ん張った。

次は自分の番だと思い、真紀が緊張しながら成り行きを見守っていた。

次郎はチロチロとクリトリスを舐めて刺激しては、新たに溢《あふ》れる蜜をすすり、味と匂いを堪能《たんのう》してから、白く丸い尻の真下に潜り込んでいった。

顔中にひんやりした双丘を受け止め、谷間にひっそり閉じられたピンクの蕾《つぼみ》に鼻を埋めて嗅ぐと、秘めやかな匂いが籠もって鼻腔を刺激してきた。

アイドルの秘密の匂いを貪ってから、舌を這わせて襞を濡らし、ヌルッと潜り込ませて滑らかな粘膜を探ると、

「あう……！」

さやかが呻き、キュッと肛門できつく舌先を締め付けてきた。

次郎は内部で舌を蠢かせ、やがて美少女の前も後ろも味わい尽くすと、舌を引っ込めた。

さやかが息を弾ませて股間を引き離し、真紀を促した。

「ああ、恥ずかしい……」

真紀は言いながらも、素直に次郎の顔に跨がり、しゃがみ込んできた。

長い脚がM字になると量感を増してムッチリと張り詰め、無垢《むく》な割れ目が鼻先に迫ってきた。

恥毛は情熱的に濃く、はみ出した割れ目も驚くほど大量の愛液でヌルヌルになっていた。

指で陰唇を広げると、汚れなき膣口がキュッと引き締まり、クリトリスは小指の先ほどもあって大きく、包皮を押し上げながら勃起した感じであった。

4

「アア、そんなに見ないで……」

真紀が、真下からの熱い視線と息を受けて喘いだ。

次郎は充分に観察してから腰を抱き寄せ、柔らかな茂みに鼻を擦りつけて嗅ぐと、やはり隅々に甘ったるい濃厚な汗の匂いが蒸れて籠もり、それに残尿臭も悩ましく混じって鼻腔を掻き回してきた。

「いい匂い」

嗅ぎながら思わず言うと、

「あん……」

真紀が羞恥に声を震わせ、ヒクヒクと白い下腹を波打たせた。

舌を挿し入れて処女の膣口をクチュクチュ掻き回すと、やはり淡い酸味の蜜が溢れ、ヌラヌラと舌の動きが滑らかになった。

そして彼は味わいながら柔肉をたどり、大きめのクリトリスまでゆっくり舐め上げていくと、

「アアッ……！」

真紀が激しく喘ぎ、膝を震わせて悶えた。そしてしゃがみ込んでいられず、彼の顔の左右に両膝を突いた。

次郎は心ゆくまで味と匂いを貪り、やはり同じように尻の真下に潜り込んでいった。

白く豊満な尻の谷間の蕾は、レモンの先のように僅かに突き出た艶《なま》めかしい形状で、鼻を埋めるとやはり生々しい微香が馥郁《ふくいく》と籠もっていた。

そう、シャワートイレが普及していない昭和の時代は、どんな美女でもナマの匂いをさせていたのである。

美女の恥ずかしい匂いで胸を満たしてから、チロチロと舌を這わせて襞を濡らし、ヌルッと潜り込ませると、

「あう……！」

真紀が呻き、モグモグと異物を味わうように肛門を締め付けてきた。

次郎は、うっすらと甘苦い微妙な味わいのある滑らかな粘膜を探ると、

「ダ、ダメ、そこ……」

真紀は羞恥と違和感に、クネクネと尻を動かした。

次郎も舌を引き離し、再び愛液が大洪水になっている割れ目に戻った。

すると回復したペニスが、生温かく濡れた空間に包まれたのだ。

どうやら待っていたさやかが屈《かが》み込んでしゃぶり、唾液で濡らしているのだ。

そして、さやかは身を起こすとペニスに跨がって先端に割れ目を押し付け、ゆっくり腰を沈めていった。

張り詰めた亀頭が潜り込むと、あとはヌルヌルッと滑らかに根元まで嵌《は》まり込んだ。

「アアッ、いい気持ち……」

さやかが完全に座り込み、股間を密着させて喘いだ。そして前にいる真紀の背にもたれかかった。

次郎もさやかの肉襞の摩擦と温もり、大量の潤いと締め付けを感じながら、夢中で真紀のクリトリスを吸った。

仰向けの次郎の顔と股間に、美女と美少女が跨がっているのだ。何という贅沢な快感であろう。

すぐにもさやかが腰を上下させ、律動をはじめた。大量に溢れる蜜が動きを滑らかにさせ、クチュクチュと淫らな摩擦音を響かせながら、彼の陰嚢や肛門の方にまで生温かく伝い流れてきた。

真紀が彼の顔から股間を引き離し、セックスしているさやかを見つめた。

「痛くないの？　そんなに強く動いて」

「ええ、気持ちいいわ。すぐいきそう……」

真紀が聞くと、さやかも声を上ずらせて答え、彼の胸に両手を突っ張りながら動きを速めていった。

もちろん次郎も心地よいが、さっき二人の口に射精したばかりなので、暴発する心配だけはなく、何とか保ち続けた。

「い、いっちゃう……、アアーッ……！」

たちまち、さやかが膣内の収縮を活発にさせて喘ぎ、ガクガクとオルガスムスの痙攣《けいれん》を開始した。

真紀が目を見張る中で、さやかは心ゆくまで快感を嚙み締め、やがて硬直を解いてグッタリともたれかかってきた。

そして呼吸も整わないうち、ノロノロと股間を引き離してゴロリと横になり、真紀のために場所を空けたのだった。

真紀も、促されるまでもなく、好奇心で自分から身を起こし、さやかの愛液にまみれて湯気を立てるペニスに跨がってきた。

先端に割れ目を押し付け、互いのヌメリを与え合いながら動かし、やがて位置を定めると、決意に息を詰めて、ゆっくり腰を沈み込ませていった。

張り詰めた亀頭が潜り込むと、処女膜が丸く押し広がり、あとは重みとヌメリに助けられ、ヌルヌルッと滑らかに根元まで受け入れていった。

「あう……！」

完全に座り込むと、真紀がビクッと顔を仰《の》け反《ぞ》らせ、僅かに眉をひそめて呻いた。

次郎も、処女の熱いほどの温もりときつい締め付けを感じながら、その貴重な感触を味わった。

真紀はぺたりと座り込み、股間を密着させたまま杭《くい》に貫かれたように硬直していた。

次郎が両手を回して引き寄せると、彼女もゆっくり身を重ねてきた。

彼は僅かに両膝を立てて尻を支え、まだ動かずに顔を上げ、真紀の初々しい乳首に吸い付いた。

しかし舌で転がしても、真紀の全神経は股間に行っているようで反応はなかった。

次郎は左右の乳首を交互に含んで舐め、張りのある膨らみに顔を押し付けて感触を味わった。

膨らみはさやかより豊かで、何とも若々しい弾力に満ちていた。

両の乳首を味わい、真紀の腋の下にも鼻を埋めると、剃《そ》り跡のざらつきが微かに感じられ、またも彼は昭和の趣を味わった。

生ぬるく湿った腋には、何とも甘ったるいミルクのような汗の匂いが濃厚に籠もっていた。嗅ぐたびに刺激がペニスに伝わり、膣内でヒクヒクと次郎の幹が震えた。

すると、横で呼吸を整えていたさやかが肌を密着させ、彼の顔に乳房を押し付けてきたのである。

まだ舐められていないので、自分だけ仲間はずれの気分になったのかも知れない。

次郎は二人分の乳首を順々に含んで舐め、顔中で膨らみを味わってから、さやかの腋の下にも鼻を埋めて嗅いだ。

アイドルの腋はスベスベだが、甘ったるい汗の匂いは真紀に負けないほど濃く沁み付いていた。

やがて次郎は二人分の悩ましい体臭に包まれながら、ズンズンと小刻みに股間を突き上げはじめたのだった。

5

「アア……！」

真紀が喘ぎ、濡れた膣内をキュッキュッと締め付けてきた。

「痛い？」

「大丈夫です……」

次郎が気遣って囁《ささや》くと、真紀も健気《けなげ》に答えた。後輩のさやかがあんなにも心地よさそうに果てたので、真紀は真紀で対抗意識を燃やしているのだろうか。

彼も、いったん動きはじめると、あまりの快感に腰が止まらなくなってしまった。

それでも愛液の量は充分すぎるほどなので動きは滑らかだった。

次郎は動きながら快感を嚙み締め、下から真紀に唇を重ねていった。

柔らかな感触と唾液の湿り気が伝わり、舌を挿し入れて綺麗な歯並びを舐めると、彼女も歯を開いて舌を触れ合わせてきた。

ヌラヌラとからめると、生温かな唾液に濡れた舌が滑らかに蠢いた。

すると、またさやかが横から割り込んで、三人で唇を重ねてきたのである。

次郎は二人の舌を舐め回し、混じり合った唾液のヌメリに高まった。

これも実に贅沢な体験である。

「もっと唾を出して、いっぱい……」

高まりながらせがむと、さやかが懸命に唾液を分泌させ、白っぽく小泡の多いシロップをトロトロと大量に次郎の口に吐き出してくれた。

すると、それを見た真紀も、口中に溜めた唾液をためらいなく彼の口に注ぎ込んでくれたのである。

「ああ……」

次郎はうっとりと味わい、二人分のミックス唾液を味わい、心地よく喉を潤して甘美な悦《よろこ》びで胸を満たした。

「顔中もヌルヌルにして……」

さらに言うと、二人もためらいなく次郎の顔中に舌を這わせてくれた。舐めるというより、垂らした唾液を塗り付ける感じで、たちまち彼の顔中は二人の清らかな唾液でヌルヌルにまみれた。

しかも混じり合った吐息の匂いが、悩ましく鼻腔を刺激してきた。

さやかは甘酸っぱい果実臭の息で、真紀はほんのりシナモン臭の刺激の混じった、新鮮な匂いだった。

それが左右の鼻の穴から侵入し、鼻腔を湿らせて混じり合い、うっとりと胸に沁み込んでくるのだ。

あまりの快感と興奮に、次郎は突き上げを激しくさせてしまった。

「アア……」

真紀も喘ぎながら懸命に応え、新たな愛液を漏らして動きを滑らかにさせた。

心地よい肉襞の摩擦と締め付けの中、もう堪らず次郎は昇り詰めてしまった。

「い、いく……！」

溶けてしまいそうに大きな快感に全身を貫かれ、彼は口走りながら、ありったけの熱いザーメンをドクンドクンと勢いよくほとばしらせてしまった。

「ああ、熱いわ……」

破瓜《はか》の痛みの中でも噴出を感じたようで、真紀が喘いでキュッと締め付けてきた。

中に満ちるザーメンで、さらに動きがヌラヌラと滑らかになった。

次郎は、きつい締め付けと収縮を味わい、二人分の唾液のヌメリと息の匂いに包まれながら、心ゆくまで快感を味わった。そして最後の一滴まで出し尽くすと、満足しながら徐々に突き上げを弱めていった。

「ああ……、とうとう体験したわ……」

真紀も肌の強《こわ》ばりを解き、グッタリともたれかかりながら言った。

もう痛みも麻痺《まひ》し、むしろ二十歳にしてようやく初体験した安堵《あんど》感に包まれているようだった。

彼は、まだ息づくような収縮が繰り返される膣内で、ヒクヒクと過敏に幹を震わせ、二人の混じり合った悩ましい吐息を間近に嗅ぎながら、うっとりと快感の余韻を味わったのだった。

次郎が真紀の重みとさやかの温もりまで感じながら呼吸を整えると、やがて真紀がそろそろと股間を引き離していった。

するとさやかが顔を埋め込み、真紀の大きめのクリトリスを無邪気にチロチロと舐め回したのだ。

「あう、いい気持ち……」

真紀も拒まずに声を洩らし、次郎にしがみついてきた。

やはり挿入でいけなかったから、せめてクリトリスの刺激で果てたいのだろう。

次郎も抱いてやり、女同士の行為にゾクゾクと胸を震わせながら真紀の息を嗅ぎ、唇を重ねては舌をからめた。

股間からは、まるで子猫がミルクでも舐めているように、ピチャピチャと無邪気な音を立ててさやかが舌を這わせている。たちまち真紀の全身がガクガクと波打ちはじめていった。

「い、いく、気持ちいいわ、アアーッ！」

真紀が声を上ずらせ、ガクガクと痙攣しながらオルガスムスに達してしまった。

「も、もういいわ、お願い……」

果ててしまうと、真紀が硬直しながら口走った。やはり男と同じように、いった直後は刺激がうるさく感じられるのだろう。

ようやくさやかも舌を引っ込めて股間から這い出し、今度は彼の股間に顔を寄せ、まだ愛液とザーメンにまみれているペニスにしゃぶり付いてきた。

「あう、い、いいよ、もう……」

次郎もクネクネと腰をよじらせながら呻き、それでもさやかの舌で綺麗にしてもらうのは心地よかった。

やがてさやかも顔を上げると、

「シャワー浴びたいわ」

そう言ってベッドを降りた。

次郎も身を起こし、ハアハアと荒い息遣いを繰り返している真紀を支えながら、一緒にバスルームへと移動した。

ホテルのバスルームは、バスタブと洋式便器が隣り合っていて洗い場がないので、三人で身を寄せ合ってバスタブに入り、シャワーの湯を浴びた。

そして湯に濡れた二人の肌を見たり触れたりしているうち、次郎はすっかりムクムクと回復し、元の硬さと大きさを取り戻してしまったのだった。

6

「ね、こうして」

三人で身体を流し終えると、次郎はバスタブの底に座って言い、左右に二人を立たせ、肩に跨がらせた。

「オシッコしてみて」

「え、そんな……」

言うと真紀はビクリと尻込みしたが、さやかが下腹に力を入れて尿意を高めはじめたようなので、慌てて自分も息を詰めた。

後れを取ったら二人に注目され、ますます出なくなると思ったのだろう。

次郎は股間を突き出してくる二人の割れ目を交互に舐めた。もう恥毛に籠もっていた濃厚な匂いは消えてしまったが、すぐにも二人は新たな蜜を漏らし、舌の動きを滑らかにさせた。

「あん、出るわ……」

さやかが言い、中の柔肉が迫《せ》り出すように盛り上がり、味わいと温もりが変化した。

間もなく、チョロチョロと熱い流れがほとばしり、彼は舌に受けて味わい、超美少女のオシッコでうっとりと喉を潤した。

それは味も匂いも淡く白湯《さゆ》のようで、抵抗なく飲み込むことが出来た。全国の彼女のファンの多くも、飲んでみたいと願っていることだろう。

「あう……」

と、反対側で真紀が呻くなり、ポタポタと温かな雫が彼の肩に滴り、すぐにも一条の流れとなって肌に注がれてきた。

そちらに顔を向けて口に受けると、味わいと匂いはさやかよりもやや濃く、それでも彼は喉を潤し、二人分の混じり合った匂いに酔いしれた。

その間もさやかの流れが肌を温かく伝い流れ、すっかりピンピンに勃起したペニスが心地よく浸された。

やがて二人の流れが治まると、次郎は交互に割れ目を舐め、残り香の中で余りの雫をすすった。

二人とも、たちまち新たな愛液を漏らして残尿を洗い流し、淡い酸味のヌメリで割れ目内部を満たしていった。

「も、もうダメ、感じすぎるわ……」

真紀が言ってビクッと股間を引っ込めると、そのまま力尽きたように座り込んでしまった。

次郎も身を起こし、もう一度三人でシャワーを浴び、身体を拭いてからベッドに戻っていった。

二人は、また彼を仰向けにさせると顔を寄せ合い、一緒になってペニスをしゃぶってくれた。

「ああ……」

次郎は、股間に混じり合った熱い息を受けながら快感に喘ぎ、二人分のミックス唾液にまみれた幹をヒクヒク震わせ、三度目なのに激しく高まっていった。

「ね、今度は私の中でいって」

さやかが言い、身を起こしてペニスに跨がってきた。

確かに、真紀の方は初体験を済ませたばかりだから、連続の挿入は酷だろう。

さやかは位置を定め、ヌルヌルッとペニスを膣口に受け入れて座り込んできた。

「アアッ……！」

さやかが顔を仰け反らせて喘ぎ、密着した股間をグリグリ擦り付けながら、すぐにも身を重ねてきた。

次郎も摩擦快感と温もりを味わいながら、真紀を添い寝させ、また三人で顔を寄せ合って舌を舐めた。

さやかが股間をしゃくり上げるように動かしはじめると、コリコリする恥骨の膨らみまで擦り付けられ、次郎はジワジワと高まっていった。

彼もズンズンと股間を突き上げながら、二人の舌を舐め回し、混じり合った生温かな唾液をすすって喉を潤した。

シャワーで体臭は消えてしまったが、二人の吐息はかぐわしく濃厚な刺激を含んだままである。

「嚙んで……」

次郎が囁くと、二人も彼の頰や唇に軽く歯を当て、咀嚼《そしゃく》するようにモグモグと甘嚙みしてくれた。

「ああ、いきそう……」

彼は、美しい牝獣に食べられている気分で絶頂を迫らせ、唾液と吐息の匂いに包まれながら喘いだ。

「い、いっちゃう……、すごいわ、アアーッ……！」

すると先にさやかが声を上ずらせ、膣内の収縮を活発にさせ、粗相したように大量の愛液を漏らした。同時に、ガクガクと狂おしいオルガスムスの痙攣を起こし、続いて次郎も昇り詰めてしまった。

「く……！」

突き上がる快感に呻き、ありったけの熱いザーメンをドクンドクンと勢いよく噴き上げると、

「か、感じる……！」

噴出を受け、駄目押しの快感を得たようにさやかが言うなり、キュッときつく

締め上げてきた。

次郎も三度目なのに、今までの射精などなかったかのように大量のザーメンを漏らし、大きな快感を味わうことが出来た。

すっかり満足しながら徐々に動きを弱めていくと、

「アア……、良かった……」

さやかも声を洩らし、力尽きたようにグッタリと体重を預けてきた。

まだ収縮する膣内で、ヒクヒクと過敏に幹を跳ね上げると、

「も、もう暴れないで……」

さやかも過敏になって声を洩らし、震えを抑えるようにきつく締め付けた。

次郎も力を抜いて身を投げ出すと、二人の顔を引き寄せ、二人分の湿り気ある悩ましい吐息を嗅いで胸を満たしながら、うっとりと快感の余韻を嚙み締めたのだった。

それにしても、これほどの美女と美少女を一度に相手にするなど、人生でこれきりではないかと思った。

しかも、一人は処女で、もう一人はスーパーアイドルなのである。

ようやくさやかが呼吸を整え、そろそろと股間を引き離すと、真紀とは反対側

にゴロリと横になった。

次郎は左右に二人の温もりを感じながら荒い息遣いを繰り返し、いつまでも高なる鼓動が治まらなかった。

「今夜は二人でここに泊まるの」

さやかが言う。

「うん、僕はそろそろ引き上げるからね。二人とも、身体に気をつけて頑張って。また機会があれば連絡して欲しい」

次郎は言い、やがて名残《なごり》惜しいまま身を起こしたのだった。

7

「この加藤さやか、まだ処女なんだろうな」

翌日の昼食時、社員食堂の点《つ》けっぱなしのテレビにさやかが映っていて、それを観《み》た課長の上田明夫が言った。

「そうですよね、きっと」

次郎も話を合わせたが、もしさやかの処女を奪ったのが自分であり、昨夜は濃厚な3Pまでしたと知ったら、明夫は一体どんな顔をすることだろうか。

「ああ、まだ無名時代にうちの屋上でイベントしたんだよなあ。その時もっと仲良くしておけば良かった」

「ええ、本当に」

　明夫が言うので次郎も答え、思わずさやかと真紀の匂いや感触が甦《よみがえ》り、勃起しそうになって困った。

　やがて食事を終えると次郎はオフィスに戻り、その日の仕事を終えて、定時に退社したのだった。

　すると彼の前に、一人の女性が立っていたのだ。

「最近ずいぶん連絡くれないのね」

「よ、良枝、ごめんよ、忙しくて……」

　次郎は、多くの女性と懇ろになっていることが後ろめたく、思わずしどろもどろになって答えた。

　良枝は、次郎の未来の妻である。

　互いに六十代まで連れ添っている古女房だが、こうして四十年前の若い彼女を見ると、たちまち淫気を催してしまった。

この時点で、良枝は二十一歳の大学生。すでに次郎とはセックス体験もしている、いわば将来を誓い合った恋人同士である。

もちろん次郎は、たとえ古女房だろうと、未来の子や孫に会いたいから、また良枝と結婚しなければならないだろう。

「とにかく、夕食にしよう」

次郎は誘い、良枝と近くのレストランに入った。

グラスビールで乾杯し、あとは料理に専念して近況を話し合った。

「ディスコとかコンパに誘われてるの。あんまり放っておくと、他の男とどこかへ行ってしまいそうだわ」

良枝が、食事しながら言う。お嬢様育ちで我儘《わまま》なところもあるが美形で、結婚後はしっかり家庭を守ってくれているのだ。

「うん、僕も入社早々なのに、ずいぶん色んなことを任されているものだから」

次郎は言い、今夜あたり良枝を抱いておこうと思った。あまり疎遠になったら、未来が変わってしまうかも知れない。

すると、良枝の方から誘ってきた。

「今夜は、両親が旅行でいないの。うちへ寄って」

「そう、じゃ行くよ」

次郎は答え、そうと決まったら早めに料理を片付け、一緒にレストランを出た。

すると良枝がタクシーを奮発して家へと急いだ。彼女も相当に淫気が溜まり、気が急《せ》いているのだろう。

やがて、四十年後も建っている彼女の実家に着き、良枝が鍵を開けて、次郎を招き入れた。すると、彼女はすぐにも二階の自室へ行き、縋《すが》り付いてきた。

「ああ、ごめんよ。寂しかったんだね」

次郎は、若々しい良枝を抱いて囁き、熱烈に唇を重ねた。

若くて瑞々《みずみず》しい顔が迫り、花粉のように甘い吐息が熱く弾んだ。

舌をからめると、

「ンン……」

良枝は小さく鼻を鳴らしながらグイグイと身体を押し付け、そのまま服を脱ぎはじめたのだ。

そう、回数は少なかったものの、セックスに関して彼女は最初から情熱的で積極的であった。

しかし過去の次郎はシャイで、圧倒されるまま応じ、キスしていじって少し局部を舐め合い、すぐにも挿入といったワンパターンなセックスしかしていなかったのである。

だから二度目の人生である現在のように、脚の指や尻の谷間などは舐めていなかった。

もちろん今は、若返った妻に思いきり淫気をぶつけたいが、あまり急激に愛撫の仕方が進歩してしまうと不審がられるので、慎重に行動しようと思った。

ようやく唇を離すと、良枝は黙々と服を脱ぎ去り、彼も手早く全裸になっていった。

部屋は六畳ほどの洋間で、学習机と本棚、ラジカセにベッドという、いかにも昭和の女子大生の雰囲気だった。

先にベッドに横になると、枕には良枝の甘ったるい匂いが濃厚に沁み付き、その刺激がペニスに伝わりムクムクと最大限に勃起してきた。

六十代では、もう十年以上肌を重ねていなかったが、こうして娘のように若返った良枝を相手にすると、愛情も淫気も実に新鮮に湧き上がった。

良枝も一糸まとわぬ姿になり、添い寝してきたので彼は仰向けにさせ、のしかかりながら若々しく張りのある乳房に顔を埋め込んでいった。

初々しいピンクの乳首にチュッと吸い付き、舌で転がしながら顔中で膨らみの感触を味わうと、

「アア……」

良枝が、いつにない次郎の激しさに熱く喘ぎ、クネクネと悶えはじめた。

もう片方も含んで舐め回し、腕を差し上げて腋の下に鼻を埋め込むと、そこはスベスベだが生ぬるく湿り、何とも甘ったるい汗の匂いが濃く沁み付いていた。

充分に嗅いで興奮を高めてから滑らかな肌を舐め下り、股を開かせて股間に顔を迫らせていった。

やはり足指をしゃぶると抵抗されるかも知れないので、今回は省略である。

恥毛も程よい範囲にふんわりと茂り、割れ目からはみ出す陰唇はネットリと蜜に潤っていた。

鼻を埋めて嗅ぐと、汗とオシッコの匂いもやけに懐かしい気がして、彼は充分に嗅いでから舌を這わせていった。

良枝は、あまりフェラチオはしてくれないのだが、舐められるのは好きである。

「アアッ……！」

息づく膣口の襞を掻き回し、ツンと突き立ったクリトリスまで舐め上げていく

と、良枝が熱く喘ぎ、ムッチリとした内腿で彼の両頬を挟み付けてきた。

「お、お願い、入れて……」

と、すぐにも良枝がせがんできた。

どうやらフェラは省略するつもりらしい。次郎も尻の谷間は舐めずに、身を起こして前進していった。

先端を割れ目に押し付けて擦り、ヌメリを与えてから位置を定め、久々に妻の膣口にゆっくりと挿入した。

「ああッ……、好き……！」

根元まで嵌め込んで彼が身を重ねると、良枝は熱く喘ぎ、激しく両手を回してきたのだった……。

最終話　淫らな巡り会い

1

「卒業したら、すぐ式を挙げたいわ」

呼吸を整えた良枝が、ベッドに横になったまま次郎に言った。

次郎も、未来の妻である女子大生の肉体を堪能《たんのう》して昇り詰めたが、まだ彼女の方は本格的なオルガスムスには目覚めていない。

良枝は、特に学問を追究したり好きな仕事に就きたいという感覚はないようだ。ただお嬢様として四年制大学で教養を磨き、友人たちと青春を謳歌《おうか》したので、すぐにも家庭に入りたいらしい。

我《わ》が儘《まま》なわりに子供好きなところがあるから、早く自分の子が欲しいのだろう。最初の人生と同じなので、もちろん次郎も拒みはせず、彼女の好きにさせることにした。

それに、これなら同じ息子にも再会できることだろう。

「うん、いいよ。君と、君の両親に異存が無いのなら」

次郎は答え、何やら未来の妻の若い肢体に欲情し、またムクムクと回復してきてしまった。

「式の場所とか呼ぶ人とか、色々話し合いたいわ」

「うん、今度ゆっくり時間をとるから、それまでにリストを作っておくよ。ただ新人なので長く休めないから、新婚旅行は少し待ってもらうかもしれない」

次郎は、一度目の人生を色々思い出しながら言い、なるべく大幅に変わらないように気をつけようと思った。

どんな些細《ささい》なことも、大きく未来を変えてしまわないとも限らないからだ。

「分かったわ」

良枝も素直に答えた。

次郎はすっかり勃起し、もう一度したくなってきた。

やはり一度目が気遣いながらノーマルな行為に終始していたから、欲望がくすぶっているのである。

「ねえ、また勃《た》っちゃった」

「まあ、いつも一度で終わりなのに」

甘えるように言うと、良枝がペニスに視線を向けてきた。

「もう今日は充分だわ」

「じゃお口でして」

「嫌よ。さっき済んで拭いただけだもの」

良枝は素っ気なく言いながらも、そっと手を伸ばしてペニスを撫《な》でてくれた。

やはり一度目の人生とは、どこか違う。次郎の雰囲気が変わったので、彼女も以前より好意と執着が増しているのかもしれない。

それに一度目の人生は、最初のうちにしっかり教え込んでおかなかったから、フェラもしてくれない女房になってしまったのだ。

今回は最初から主導権を握っておこうと思い、多少強引にペニスを突き出した。

「ね、しゃぶって」

せがむと良枝も、意外に拒絶することもなく屈《かが》み込んでくれた。

そして舌を這《は》わせ、尿道口をチロチロ舐《な》め回すと、張り詰めた亀頭をパクッと含んでくれたのである。

「あう、気持ちいい……、顔に跨《また》がって」

快感に呻《うめ》きながら下半身を引き寄せると、彼女は素直に跨がり、女上位のシックスナインの体勢になった。

良枝は深々と呑《の》み込み、熱い鼻息で陰嚢《いんのう》をくすぐりながら舌をからめてくれた。

次郎も真下から割れ目を舐めてクリトリスを吸い、さらに伸び上がって尻の谷間の蕾《つぼみ》も舐め回した。

「あう、ダメ、集中できないわ……」

良枝が、スポンと口を離して言った。どうやら集中し、最後まで口でしてくれるつもりかもしれない。

「ね、飲んで……」

次郎も舌を引っ込め、幹を震わせながら言った。

「嫌よ。でも、絶対に浮気しないと誓ってくれるのなら」

「うん、しないよ、絶対に」

思いがけない良枝の返事に、次郎も大嘘《おおうそ》をついて身を投げ出した。

するに良枝も再び根元まで呑み込んでくれ、次郎も下から割れ目と肛門を見上げるだけにした。

そしてズンズンと小刻みに股間を突き上げはじめると、

「ンン……」

良枝は熱く鼻を鳴らし、合わせて顔を上下させ、濡《ぬ》れた口でスポスポと強烈な摩擦を開始してくれたのだった。

「ああ、気持ちいい……」

次郎は急激に高まり、快感に喘《あえ》いだ。

これで口内発射して飲んでくれれば、今後の夫婦生活も潤いが増すことだろう。

一度目の人生では、決して飲んでくれなかったから、次郎も気が変わらないうちに出そうと思い、我慢せずに愛撫《あいぶ》を受け止めた。

すると良枝もいつになく興奮が高まっているのか、割れ目からツツーッと愛液が滴ってきたのだ。

それを舌に受けた途端、次郎は激しく昇り詰め、大きな絶頂の快感に全身を貫かれてしまった。

「い、いく……！」

口走りながら、未来の妻の口の中に、ドクンドクンとありったけの熱いザーメンをほとばしらせると、

「ク……」

喉の奥に噴出を受けた良枝が小さく呻き、なおも摩擦と吸引を続行してザーメンを受け止めてくれたのである。

この先何十年も暮らす相手だが、心置きなく口に出す快感は大きく、次郎は他の女性に射精するより嬉《うれ》しい気持ちになったのだった。

脈打つように勢いよくザーメンを出し続けて快感を嚙《か》み締め、やがて彼はうっとりと力を抜いていった。

突き上げを止《や》めて身を投げ出すと、良枝も摩擦を止め、亀頭を含んだまま口に溜《た》まったザーメンを、意を決してゴクリと飲み込んでくれた。

「あう……」

嬉しさと同時に、嚥下《えんげ》により口腔《こうこう》がキュッと締まった刺激に呻き、彼は駄目押しの快感に幹を震わせた。

すると良枝も、ようやくチュパッと口を引き離し、なおも幹をしごいて、尿道口から滲《にじ》む余りの雫《しずく》まで丁寧に舐め取ってくれたのだった。

「も、もういい、有難う……」

次郎が過敏に反応し、クネクネと腰をよじって降参すると、良枝も舌を引っ込めて添い寝してきた。

「生臭いわ。もう二度と嫌」

「ああ、いいよ、嬉しかった……」

良枝が眉をひそめて言い、次郎も余韻の中でまた甘やかすように答えた。

「じゃ、浮気しないでね」

「うん、約束する」

次郎は腕枕をしてもらい、良枝の胸に頬を当てながら呼吸を整えたのだった。

2

「レポート読んだわ。すごい内容ね」

部長の亜紀子が、書類から顔を上げて次郎に言った。メガネの奥の眼差《まなざ》しが熱っぽく、感心すると同時に淫気も高まっているようだった。

レポートは、今後のまほろばデパートに関する、消防法や地震対策の建築基準法の変更を見越して、順次補強を加え、より長く建物を保存するという計画書であった。

「まったく、まだ出来て二十年ちょっとのデパートについて、こんなに先まで見通した意見は初めてだわ」

「ええ、この建物が好きなものですから」

「それにしても、消防法や建築基準法の移り変わりは、どうして分かるの。超能力？」

亜紀子が彼を見て、なかなか鋭いことを言ってきた。確かに未来を知っているというのも超能力の一種だろう。

とにかく次郎は、四十年後のデパートの閉鎖と解体を少しでも先へ延ばすため、今のうちから計画を立てておきたかったのだ。

「いえ、あくまでも予想です。そうなったら速やかにこうする、という計画書に過ぎませんが。でもどうか極秘に」

「ええ、もちろん。私と社長だけにとどめておくわ。それに何より、貴方《あなた》のまほろばへの深い愛情が感じられるレポートね」

「有難うございます。ここに骨をうずめるつもりですので」

「分かったわ。社長にも見せて吟味してもらうから」

亜紀子は言い、レポートを鍵のかかる引き出しにしまった。

「出ましょう」

まだ勤務中だが彼女が立ち上がって言い、次郎も一緒に外へ出た。

そして亜紀子の車で町中を出て、山間《やまあい》のラブホテルに入ったのである。

浮気はしない約束だが、まだ良枝とは結婚前である。それに一度目の人生では、一回も浮気をしなかったのだから、すでに約束は守られているようなものだ。

次郎は何のかんの理屈を付け、淫気と期待に股間を熱くさせながら亜紀子と一緒に密室に入った。

もちろんシャワーを浴びる余裕もなく、気が急《せ》くように二人は脱ぎはじめていった。

先に全裸になると、次郎はベッドに仰向《あおむ》けになり、ピンピンに勃起したペニスを露《あら》わにさせた。

亜紀子も手早く一糸まとわぬ姿になり、彼が好むのでメガネだけは外さずにベッドに上がってきた。

「すごく勃ってるわ。どうしてほしい？」

「ここに立って、足を顔に……」

訊《き》かれたので、幹をヒクヒク震わせて答えると、亜紀子もためらいなく次郎の顔の横に立ち上がった。

「いい？」

亜紀子が短く言い、壁に手をついて身体《からだ》を支えながら、そろそろと片方の足を浮かせ、彼の顔に乗せてきた。

「ああ……」

生ぬるい感触に彼は陶然と喘ぎ、真下から美人上司の全裸を見上げた。

スラリと長い脚が真上に伸び、割れ目が潤いはじめているのが見え、さらに息づく乳房の上から、美しいメガネ美女が熱い眼差しでこちらを見下ろしていた。

次郎は舌を這わせ、スベスベの踵《かかと》から土踏まずをたどり、細く形良い足指の間に鼻を割り込ませて嗅いだ。

指の股は生ぬるく汗と脂に湿り、蒸れた匂いが濃厚に沁《し》み付いていた。

悩ましく鼻腔《びこう》を刺激されながら爪先にしゃぶり付き、順々に指の間に舌を挿し入れて味わうと、

「アアッ……、くすぐったいわ……」

喘ぐ亜紀子は、体の力が抜けて思わず次郎の顔をキュッと踏みつけてきた。そして足を交代してきたので、彼はそちらの新鮮で濃厚な味と匂いも貪り尽くしたのだった。

「跨いで」

下から言うと、亜紀子も彼の顔の左右に足を置き、和式トイレスタイルでゆっくりしゃがみ込んでくれた。

脚がM字になると、白い脹《ふく》ら脛《はぎ》と太腿《ふともも》がムッチリと張り詰めて量感を増し、濡れている割れ目が鼻先に迫ってきた。

黒々と艶のある茂みに鼻を埋め込んで嗅ぐと、生ぬるい汗とオシッコの匂いが濃厚に沁み付き、悩ましく鼻腔を刺激してきた。

「いい匂い」

「あう、嘘……」

嗅ぎながら言うと、亜紀子が羞恥にビクリと身じろいで呻いた。

次郎は美人上司の匂いで胸を満たし、舌を挿し入れて淡い酸味のヌメリを搔《か》き回し、息づく膣口《ちつこう》からツンと突き立ったクリトリスまで舐め上げていった。

「アアッ……！」

亜紀子が熱く喘ぎ、思わず座り込みそうになりながら、彼の顔の左右で懸命に両足を踏ん張った。

次郎は泉のように湧き出してくる愛液をすすり、充分に匂いを味わってから、白く豊満な尻の真下に顔を潜り込ませた。

顔中に密着する双丘を受け止め、谷間の蕾《つぼみ》に鼻を埋め込んで嗅ぐと、蒸れた汗の匂いに混じり、うっすらとしたビネガー臭が鼻腔を刺激してきた。

次郎は昭和の美女の生々しい匂いを貪ってから、舌を這わせて収縮する襞《ひだ》を濡らし、ヌルッと潜り込ませて滑らかな粘膜を探った。

「あう……！」

亜紀子が呻き、キュッと肛門《こうもん》で舌先を締め付けてきた。

彼は中で舌を蠢《うごめ》かせ、微妙に甘苦い味わいを堪能した。

「も、もうダメ……」

すると亜紀子がビクッと股間を引き離し、移動していった。

そしてお返しするように、仰向けの彼の胸に舌を這わせ、熱い息で肌をくすぐりながらチュッと乳首に吸い付いてきた。

「あう、嚙んで……」

次郎が言うと、亜紀子も綺麗《きれい》な歯並びでキュッと乳首を噛み、彼は甘美な刺激にクネクネと悶《もだ》えた。

「もっと強く……」

「ダメよ、夢中になって噛み切ってしまうわ」

亜紀子は答えながらも、左右の乳首を舌と歯で充分に愛撫《あいぶ》してくれた。

そして肌を舐め下り、屹立《きつりつ》したペニスに迫ってきたのである。

3

「こんなに硬くなって。そんなに私が好き？」

亜紀子が囁《ささや》き、ペットでも可愛《かわい》がるように指先で幹を撫でた。

しかし少し触れただけで指を離し、まず彼女は次郎の両脚を浮かせ、尻の谷間に舌を這わせてきたのだ。

チロチロと舌先が肛門を這い回って濡らし、ヌルッと潜り込んできた。

「あう、気持ちいい……」

次郎は、申し訳ないような快感に呻き、モグモグと美女の舌を肛門で締め付けた。

亜紀子が内部で舌を蠢かせると、内側から刺激されるように勃起したペニスがヒクヒクと上下した。

ようやく脚が下ろされると、彼女はそのまま陰嚢を舐め回し、睾丸《こうがん》を転がして袋全体を生温かな唾液にまみれさせた。

そして彼がせがむように幹を震わせると、亜紀子も身を乗り出し、肉棒の裏側を根元から先端まで、ゆっくり舐め上げてきた。

滑らかな舌が心地《ここち》よく裏筋に這い回り、先端まで来ると舌先で、粘液の滲む尿道口をペロペロと舐め、張り詰めた亀頭をスッポリくわえてきた。

そしてモグモグとたぐるように根元まで呑み込むと、幹を丸く締め付けて強く吸い、熱い鼻息が恥毛をそよがせた。

口の中ではクチュクチュと舌がからみつき、たちまち肉棒全体は美女の清らかな唾液にどっぷりと浸り込んだ。

「ああ、いい……」

次郎は腰をくねらせて喘ぎ、亜紀子の口の中でヒクヒクと幹を震わせた。

「ンン……」

亜紀子も先端が喉の奥に触れるほど深々と含んで小さく呻き、上気した頬をすぼめて吸いながら、スポスポと強烈な摩擦を繰り返してくれた。

「い、いきそう……」

絶頂が迫ってきた次郎が口走ると、亜紀子もすぐにスポンと口を引き離し、身を起こしてきた。

「いい？　入れるわ……」

彼女は言って前進し、次郎の股間に跨がると、濡れた先端に割れ目を押し当ててきた。

自ら指で淫らに陰唇を広げ、先端を膣口に受け入れながら、息を詰めてゆっくり腰を沈み込ませていった。

張り詰めた亀頭が潜り込むと、あとはヌルヌルッと滑らかに根元まで呑み込まれ、彼女もピッタリと座り込んできた。

「アア……、いいわ、奥《の》まで当《ぞ》たる……」

亜紀子が顔を仰け反らせて喘ぎ、密着した股間をグリグリと擦り付けてから、ゆっくり身を重ねてきた。

次郎も肉襞の摩擦と温《ぬく》もり、大量の潤いと締め付けに包まれ、下から両手を回して抱き留めた。

僅《うず》かに両膝を立てて豊満な尻を支え、まだ動かずに顔を上げ、形良い乳房に顔を埋めていった。

チュッと乳首に吸い付いて舌で転がすと、

「ああ……、いい気持ち……」

亜紀子が、彼の顔中に柔らかな膨らみを押し付けてきた。

次郎は充分に舐め回し、もう片方の乳首も含み、生ぬるく漂う体臭に噎《む》せ返った。

両の乳首を味わうと、彼女の腋《わき》の下にも鼻を埋め込み、汗に湿った色っぽい腋毛に籠もる甘ったるい匂いを貪った。

すると亜紀子が、待ちきれないように股間を擦《こす》り付け、徐々にリズミカルに律動しはじめたのだ。

次郎もしがみつきながら、ズンズンと股間を突き上げ、何とも心地よい摩擦とヌメリを味わって高まった。

互いの動きが一致すると、ピチャクチャと淫らに湿った摩擦音が響き、溢《あふ》れた愛液が彼の陰嚢から肛門の方にまで生ぬるく伝い流れてきた。

動きながら、彼女の白い首筋を舐め上げ、喘ぐ口に迫ると、熱く湿り気ある吐息が、甘い白粉《おしろい》のような刺激を含んで鼻腔を掻き回してきた。

「ああ、いい匂い……」

うっとり酔いしれながら亜紀子の口に鼻を押し込んで嗅ぐと、彼女は恥じらうように離し、あらためて上からピッタリと唇を重ねてきた。

舌を挿し入れ、滑らかで綺麗な歯並びを舐めると、彼女も歯を開いて舌を触れ合わせ、ネットリとからみつけてきた。

美女の舌は生温かな唾液に濡れ、滑らかに蠢いた。

「ンン……」

亜紀子も熱く鼻を鳴らし、隅々までヌラヌラと舌を這わせ、彼の口の中を舐め回してくれた。

その間も互いの動きは続き、股間をぶつけ合うほど激しいものになっていた。

「い、いきそう……！」

たちまち亜紀子が淫らに唾液の糸を引いて口を離し、膣内の収縮を活発にさせてきた。

次郎もズンズンと動きながら、一足先に昇り詰めてしまった。

「く……！」

突き上がる大きな絶頂の快感に呻き、熱い大量のザーメンをドクンドクンと勢いよく内部にほとばしらせると、

「ヒッ……、いく……！」

奥に噴出を感じた亜紀子も息を呑み、ガクンガクンと狂おしいオルガスムスの痙攣《けいれん》を開始した。

次郎は激しく股間を突き上げ、何とも心地よい快感を嚙み締めながら、最後の一滴まで出し尽くしていった。

すっかり満足して動きを弱め、力を抜いていくと、

「ああ……、良かったわ、すごく……」

亜紀子も満足げに声を洩《も》らし、熟れ肌の強《こわ》ばりを解きながらグッタリと彼に体重を預けてきた。

まだ膣内は収縮を繰り返し、刺激されるたびに射精直後で過敏になっているペニスが中でヒクヒクと跳ね上がった。

「あう……、もうダメよ、感じすぎるから」

亜紀子も敏感になって呻き、キュッときつく締め上げてきた。

次郎は彼女の重みと温もりを受け止め、熱く甘い刺激を含んだ吐息を間近に嗅ぎながら、うっとりと胸を満たして快感の余韻を味わったのだった。

やがて呼吸を整えると、亜紀子はそろそろと股間を引き離し、ティッシュで処理もせずバスルームに移動したので、彼も一緒に入っていった。

そして身体を洗い流し、湯を弾《はじ》く脂の乗った熟れ肌を見るうち、もちろん次郎はすぐにもムクムクと回復し、もう一回射精しなければ治まらなくなってしまった。

4

「ね、オシッコかけて……」

「まあ、またそんなことを……」

次郎が甘えるように言うと、亜紀子は嘆息しながらも、好奇心に目をキラキラさせてきた。彼女もまだ、欲望がくすぶっているのだろう。

「本当に優秀で真面目《まじめ》なのに、そんなことばかり求めるのね。もっとも、それで私も未知の世界を知ってしまうのだけど……」

亜紀子は羞《は》じらいながらも立ち上がって股間を突き出してきた。

次郎は床に座り、すっかり匂いの薄れてしまった恥毛に鼻を埋め、割れ目に舌を這わせると、すぐにも新たな愛液が溢れ、淡い酸味で舌の動きが滑らかになった。

「アア、舐めないで。刺激されると出ないわ」

亜紀子が言い、下腹に力を入れて懸命に尿意を高めてくれた。

「ね、自分で指で広げて中も見せて」

「そ、そんな恥ずかしいことさせるの……」

彼女は声を震わせ、そろそろと両手を割れ目に当て、左右の人差し指でグイッと陰唇を広げて、柔肉と膣口を丸見えにした。

「『よく見なさい』って言って」

「アア、よく見なさい……」

次郎が股間からせがむと、亜紀子は女教師のように言い、新たな愛液の雫をツツーッと滴らせた。

それを舐め取りながら奥を探ると、たちまち柔肉が迫《せ》り出すように盛り上がり、味わいと温もりが変化してきた。

「あう……、出そうよ、離れて……」

「ね、『お飲み』って言って」

「アア……、お、お飲み……」

亜紀子が今にも座り込みそうなほど、膝をガクガク震わせながら言うと同時に、自ら開いた陰唇の内側からチョロチョロと熱い流れがほとばしってきた。

それを舌に受けて味わうと、やはり味わいも匂いも上品で控えめなもので、何の抵抗もなく喉を通過していった。

「ああ……」

彼が飲み込む音を聞き、亜紀子は今にも昇り詰めそうに声を上ずらせていたが、勢いが増すと、興奮に任せて彼の顔をグイッと股間に押し付けてきた。

次郎は、颯爽《さっそう》たる知的な美女が、自ら放尿中の割れ目に男の顔を押し付ける様子に激しく興奮した。

口から溢れる分が胸から腹に温かく伝い流れ、すっかりピンピンに回復したペニスを心地よく浸してきた。

しかし勢いのピークを過ぎると、流れが急に衰え、間もなく放尿は終わってしまった。

次郎は余りの雫をすすりながら、残り香の中で濡れた割れ目内部を舐め回した。

「アア……、もうダメよ……」

亜紀子が言って股間を引き離し、力尽きたようにクタクタと座り込んできた。

それを抱き留め、彼はもう一度互いの全身にシャワーの湯を浴びせ、亜紀子を支えて立ち上がった。

そして身体を拭くと、全裸のままベッドに戻った。亜紀子も、もう一回しなければ治まらないほど息を弾ませ、熟れ肌をくねらせていた。

「ね、後ろからお願い……」

と、亜紀子が大胆に四つん這いになり、尻を突き出して言った。

もう互いの股間も充分に舐め合い、愛液も大洪水になっているので、次郎もすぐに膝を突いて股間を進めた。

先端をバックから濡れた膣口にあてがい、ゆっくりズブズブと挿入していくと、

「アアッ……！」

亜紀子が白い背を反らせて喘ぎ、根元まで滑らかに受け入れていった。

美女が、尻を突き出す受け身体勢になっているのが興奮をそそり、彼女もまた羞恥快感に包まれているようだった。

肉襞のヌメリを味わいながら深々と貫くと、彼の下腹部に豊満な尻の丸みが密着して心地よく弾んだ。

次郎は押し付けて感触を味わってから、徐々にズンズンと腰を突き動かし、彼女の背に覆いかぶさり、両脇から回した手でたわわに揺れる乳房をわし摑《づか》みにした。

「あう、いい気持ち、もっと強く突いて！」

亜紀子も尻をくねらせ、膣内を締め付けながら顔を伏せて口走った。

大量の愛液が律動を滑らかにさせ、揺れてぶつかる陰嚢も生温かく濡れ、ピチャクチャと淫らな音が聞こえてきた。

しかし、股間に当たる尻の丸みは心地よいが、やはり顔が見えず、甘い唾液と吐息が味わえないのが物足りず、やがて次郎は身を起こし、いったんヌルッと引き抜いた。

「あん……」

快楽を中断されて喘ぐ亜紀子を横向きにさせ、今度は松葉くずしで挿入した。

彼女の片方の脚を真上に差し上げ、下の内腿に跨がって根元まで貫き、上の脚に両手でしがみついた。

互いの股間が交差したので、さらに密着感が高まった。しかも局部のみならず、互いの内腿も滑らかに擦れ合った。

しかし、これも何度か動いただけで引き抜き、彼は亜紀子を仰向けにさせ、あらためて正常位で挿入し、身を重ねていった。

「あう、もう抜かないで……」

亜紀子が下から両手でしがみついて呻き、次郎も最初から激しく腰を突き動かした。

胸の下では乳房が押し潰れて心地よく弾み、恥毛が擦れ合い、コリコリする恥骨の膨らみも伝わってきた。

動きながら上から唇を重ね、舌をからめながら生温かな唾液を味わった。

「ンン……、ダメ、いきそう……」

亜紀子が息苦しげに口を離して言い、膣内の収縮を高めていった。

次郎も、彼女の白粉臭の吐息を嗅ぎながら動きを速めて絶頂を迫らせた。

「い、いく……、アアーッ……！」

たちまち亜希子が声を上ずらせ、ガクガクとオルガスムスの痙攣を開始した。

ブリッジするように腰を跳ね上げるたび、彼はヌルッと抜けないよう股間を押しつけながら、続けて昇り詰めていった。

「く……！」

二度目とも思えない大きな絶頂の快感に貫かれて呻き、ありったけのザーメンをドクンドクンと勢いよく注入すると、

「あ、熱いわ、もっと……！」

噴出を感じた亜紀子が駄目押しの快感に声を洩らし、さらにキュッキュッと締め付けてきた。

次郎は、心ゆくまで快感を嚙み締め、最後の一滴まで美人上司の中に出し尽くしたのだった……。

5

「おかげで、まほろばの未来も安泰だわ」

由良子が、妖しい眼差しで次郎に言った。

今日の仕事を終え、次郎が一人事務所に残っていたところへ、占い師の由良子が入ってきたのである。

「じゃ、僕のレポートを社長が受け入れてくれたんですね」

「ええ、これで安心」

まほろばの化身である由良子が答え、この世のものとも思われぬ美貌に、次郎は激しく淫気を催してしまった。

「どうします。未来へ帰りますか?」

巫女《みこ》姿の由良子が切れ長の眼差しを、じっと彼に向けて言う。

もう由良子は、自分が普通の人間ではないことを隠しもしていなかった。

「え? 選べるのですか……」

「ええ、お孫さんに会いたければ四十年後に戻します。このまま、もう一度二十代から生きてみたいのなら、それでも構いません」

由良子の言葉に、次郎は迷った。

確かに、本来の六十三歳に戻り、孫の顔も見たいし、まほろばデパートの安泰もこの目で確かめたい気はする。

しかし、それらはこのまま生きていれば、いつか巡り会うことなのだ。

せっかく二十代の肉体に戻れ、すでに亡い両親も若い姿でいるし、先に何が起きるか知っている昭和時代で生きてゆくのも面白いだろう。

それにこのままなら向こう四十年間、自分は怪我《けが》も病気もしないことが分かっているのである。

「す、すぐ返事しないといけませんか」

「ええ、今夜零時までに」

「ならば、その時間まで、一緒に居て頂けますか」

「いいでしょう」

由良子が言い、次郎も実家に電話し、今夜は遅くなることを母親に伝えておいた。

由良子が事務室を出て従業員用の仮眠室に入り、次郎も従った。

すでにデパート内の全ての従業員は退社し、どこもしんと静まりかえっていた。警備員は一階の事務所だし、見回りは零時以降だろう。

仮眠室には簡易ベッドが据えられ、奥にはシャワールームもある。

次郎は念のためドアを内側からロックしたが、まほろばの意思そのものである由良子が一緒ならば、誰も来ないよう操作できるかもしれない。

次郎は夢の中にいるような気分で、激しい淫気に突き動かされ、手早く服を脱ぎ去って全裸になってしまった。

もっとも四十年前の世界に戻ってから、毎日が夢の中のようなものである。

すると由良子も、黙々と朱色の袴《はかま》を脱ぎ、白い衣を脱ぎ去ってゆき、長い黒髪と見事な肢体を露わにした。

互いにベッドに横になると、次郎は甘えるように腕枕をしてもらい、由良子の腋の下に鼻を埋め込んで、生ぬるく甘ったるい体臭に酔いしれ、目の前に息づく形良い乳房に手を這わせていった。

いったい何歳なのか分からないが、もう由良子の正体などどうでもよく、彼は目の前の妖しい美女への欲望に専念してしまった。

腋の匂いを貪ってから、顔を移動させてチュッと乳首に吸い付くと、由良子も抱いてくれ、彼の髪を優しく撫で回してくれた。

コリコリと硬くなった乳首を舌で転がし、張りのある膨らみに顔中を押し付けて感触を味わった。

由良子も仰向けの受け身体勢になってくれ、次郎ものしかかるようにして左右の乳首を味わった。

そして透けるように白く滑らかな肌を舐め下り、形良い臍《へそ》に舌を挿し入れて蠢かせ、張り詰めた下腹から腰、ムッチリした太腿から脚を辿《たど》っていった。

見事に均整の取れた肢体は、まるで婦人服売り場のマネキンを思わせたが、しっかりと血の通った温もりと、心地よい張りと弾力が感じられた。

スベスベの脛《すね》から足首まで行き、足裏に回り込んで舌を這わせ、指の股に鼻を割り込ませて嗅ぐと、ほのかな汗と脂の湿り気があり、蒸れた匂いが淡く籠もっていた。

超美女の足の匂いを充分に嗅いでから、細く形良く揃《そろ》った爪先にしゃぶり付き、全ての指の間を舐めてから、もう片方の足も味と匂いを堪能し尽くした。

そして大股開きにさせ、脚の内側を舐め上げ、滑らかな内腿をたどって熱気と湿り気の籠もる股間に迫った。

見ると楚々《そそ》とした恥毛が品よく茂り、割れ目からはみ出す花びらはネットリとした清らかな蜜に潤っていた。

次郎は吸い寄せられるように、恥毛の丘に鼻を埋め込み、擦り付けて隅々まで匂いを貪った。

やはり匂いは他の女性と似て、甘ったるい汗にほのかな残尿臭の刺激が混じって、悩ましく彼の鼻腔を掻き回してきた。

次郎は由良子の匂いに酔いしれながら、陰唇の内側に舌を挿し入れていった。

柔肉は生ぬるく淡い酸味のヌメリに満ち、舌先で膣口の襞をクチュクチュ掻き回し、味わいながらゆっくりクリトリスまで舐め上げていった。

「アア……」

由良子がビクッと反応して喘ぎ、内腿でキュッときつく次郎の両頬を挟み付けてきた。

チロチロと舌を上下左右に動かして、コリッとしたクリトリスを探ってから、次郎は由良子の両脚を浮かせ、白く形良い尻の谷間に迫っていった。

指で谷間を広げ、奥につぼまったピンクの蕾に鼻を埋め込むと、ひんやりした双丘が心地よく顔中に密着してきた。

霞《かすみ》でも食って生きているような雰囲気の由良子でも、蕾からは生々しい微香が香り、悩ましく鼻腔を刺激してきた。

次郎は匂いを貪ってから、舌先でチロチロと震える襞を舐めて濡らし、ヌルッと潜り込ませて滑らかな粘膜を探った。

「く……」

由良子が小さく呻き、キュッと肛門で彼の舌先を締め付けてきた。

次郎は執拗《しつよう》に内部で舌を蠢かせ、ようやく脚を下ろしてから再び割れ目に戻り、新たな愛液をすすった。

さらにチュッとクリトリスに吸い付くと、

「も、もうダメ……」

由良子がクネクネと腰をよじり、それ以上の刺激を拒むように彼の顔を股間から追い出してきたのだった。

次郎も舌を引っ込めて股間から這い出し、再び添い寝していった。

6

「今度は私の番……」

由良子が身を起こして言い、仰向けになった彼の乳首に吸い付き、熱い息で肌をくすぐりながら舌を這わせてきた。

「ああ、気持ちいい……」

次郎は喘ぎ、綺麗な歯並びでキュッと噛まれると、甘美な刺激に身悶えた。

由良子は長い黒髪で肌を撫で、左右の乳首を舌と歯で充分に愛撫してから、徐々に肌を舐め下りていった。

そして大股開きにさせ、真ん中に腹這い、自分がされたように次郎の両脚を浮かせ、尻の谷間に舌を這わせてくれた。

チロチロと肛門に舌が這い、ヌルッと潜り込むと、

「あう……！」

次郎は呻き、肛門で美女の舌先を締め付けながら激しく高まった。

由良子は内部で舌を蠢かせてから、脚を下ろして陰嚢にしゃぶり付き、睾丸を転がしてペニスに向かった。

股間全体を長い髪がサラリと覆い、内部に熱い息を籠もらせながら、由良子は肉棒の裏側をゆっくり舐め上げてきた。

滑らかな舌が先端に来ると、彼女は幹に指を添えて支え、粘液の滲む尿道口を舐め回し、さらに張り詰めた亀頭をくわえてスッポリと根元まで呑み込んでいった。

「アア……」

次郎は快感に喘ぎ、超美女の口の中で唾液にまみれたペニスをヒクヒク震わせた。

「ンン……」

由良子は深々と含むと、幹を丸く締め付けて吸い付き、熱く鼻を鳴らしながらクチュクチュと舌をからめてきた。

次郎が快感に任せてズンズンと股間を突き上げると、彼女も顔を小刻みに上下させ、濡れた口でスポスポと強烈な摩擦を繰り返してくれた。

まるで全身が縮小し、由良子の口腔に含まれ、清らかな唾液に生温かくまみれながら舌で翻弄されているような快感であった。

「い、いきそう……」

次郎が降参するように腰をよじって言うと、ようやく由良子もスポンと口を引き離してくれた。

「どうか、跨がって上から入れて下さい」

次郎が言うと、彼女もすぐに身を起こして前進し、ペニスに跨がってきた。

先端に割れ目を押し当て、位置を定めると息を詰め、ゆっくり腰を沈めながら受け入れていった。

たちまち、屹立したペニスはヌルヌルッと滑らかな肉襞の摩擦を受け、根元まで嵌《は》まり込んだ。

「アア……」

由良子が顔を仰け反らせて熱く喘ぎ、完全に座り込んで股間を密着させた。

次郎も温もりと感触を味わい、暴発を堪《こら》えて肛門を引き締めながら、両手を伸ばして彼女を抱き寄せた。

由良子もゆっくり身を重ね、彼の胸に柔らかな乳房を押し付けてきた。

次郎は僅かに両膝を立てて丸い尻を支え、下から両手でしがみつきながら唇を求めていった。

由良子も上からピッタリと唇を重ねてくれ、舌を挿し入れて滑らかな歯並びを舐めると、彼女もネットリと舌をからませてきた。

生温かな唾液にまみれた舌が滑らかに蠢き、次郎はヌメリを味わいながらズンズンと股間を突き上げはじめた。

「アア……、いい気持ち……」

由良子が口を離して喘ぎ、合わせて腰を動かしてくれた。

口から吐き出される息は熱く湿り気を含み、甘い上品な匂いが鼻腔を悩ましく刺激してきた。

「唾を垂らして……」

次郎が興奮に任せてせがむと、彼女も口に唾液をたっぷり溜め、形良い唇をすぼめて迫り、白っぽく小泡の多いシロップをトロトロと吐き出してくれた。

それを舌に受けて味わい、うっとりと飲み込むと甘美な悦《よろこ》びが胸に広がっていった。

「顔にも……」

突き上げを激しくさせて言うと、由良子も滑らかな舌先で彼の鼻の穴を舐め、鼻筋から頬まで舐め回してくれた。

舐めると言うより、垂らした唾液を舌で塗り付ける感じで、たちまち次郎の顔中は美女の唾液でヌルヌルにまみれた。

「い、いきそう……」

次郎は高まりながら言い、超美女の唾液と吐息の匂いに酔いしれた。

彼女の愛液も大量に溢れ、彼の肛門の方にまで伝い流れ、動きに合わせてクチュクチュと湿った摩擦音を響かせた。

「アアッ、いく……！」

すると由良子が声を上ずらせ、ガクガクと狂おしいオルガスムスの痙攣を開始したのだった。

膣内の収縮も最高潮になり、巻き込まれるように次郎も続いて絶頂に達してしまった。

「く……！」

大きな快感に呻き、熱い大量のザーメンをドクンドクンと勢いよくほとばしらせて深い部分を直撃すると、

「あう、感じる……！」

噴出を受け止めた由良子が呻き、さらにキュッキュッと締め付けと収縮を活発にさせてきた。

次郎は激しく股間を突き上げながら、溶けてしまいそうな快感を嚙み締め、最後の一滴まで出し尽くしていった。

やがて、満足しながら突き上げを弱めていくと、

「アア……」

由良子も声を洩らして肌の硬直を解き、グッタリと力を抜いてもたれかかってきた。

次郎も重みと温もりを受け止め、まだ息づく膣内に刺激され、ヒクヒクと過敏に幹を震わせた。

そして由良子の熱く甘い息遣いを間近に嗅ぎながら、うっとりと快感の余韻を

味わったのだった。

互いに重なりながら、荒い呼吸を繰り返し、激情が過ぎ去ると様々な想念が頭の中を駆け巡った。

（やはり、本来の時代に戻るべきだろうか。それとも、このまま未来を知っている第二の人生を楽しむか……）

やはりすぐに結論は出なかった。

やがて呼吸を整えると、由良子がそろそろと身を起こして股間を引き離した。

次郎も起き上がってベッドを降り、由良子と一緒にシャワールームへと移動していったのだった。

7

「洗う前に舐めたい……」

由良子が屈み込んで言い、愛液とザーメンにまみれた亀頭にしゃぶり付いてきた。

「あう……」

次郎は唐突な快感に呻き、ガクガクと膝を震わせながら強烈な愛撫を受け止めた。

もう過敏な時間は過ぎたので、すぐにもペニスが反応してムクムクと回復していった。

由良子は念入りに舌を這わせてヌメリを舐め取り、唾液で浄《きよ》めながらペニスを綺麗にしてくれたのだった。

「また勃っちゃった……」

次郎は鎌首を持ち上げたペニスを震わせて言い、由良子もようやくシャワーの湯で互いの全身を洗い流した。

まだ零時までたっぷりと時間があるので、もう一回ぐらいしてから、どうするか決めれば良いだろう。

次郎は、バスルームだと無性に例のものを求めたくなり、床に座って目の前に由良子を立たせた。

「オシッコ出して……」

股間に顔を埋め込んで言うと、由良子も拒まず、無言で下腹に力を入れ、尿意を高めはじめてくれた。

濡れた恥毛に籠もっていた匂いは消えてしまったが、クリトリスを舐めると新たな愛液が溢れてきた。

やがて柔肉が蠢くと、

「アア……」

由良子が喘ぎ、合図の代わりに彼の頭に手をかけて、ギュッと割れ目に顔を押し付けてきた。

同時に、チョロチョロと熱い流れがほとばしり、彼は夢中で口に受け止めた。

味も匂いも白湯《さゆ》のように淡く、何の抵抗もなく喉に流し込めた。

しかしあまり溜まっていなかったようで、一瞬勢いが増しただけで、すぐに放尿は終わってしまった。

次郎は淡い残り香の中で舌を這わせ、余りの雫をすすった。

「く……、もうダメ……」

由良子が言ってビクリと股間を離し、次郎も素直に舌を引っ込めて、もう一度シャワーを浴びた。

身体を拭いてベッドに戻ると、また由良子がペニスにしゃぶり付いてきた。

「ああ、気持ちいい……」

次郎も仰向けになって快感を受け止め、幹を震わせて喘いだ。

そして彼女は、充分にペニスを唾液で濡らし、次郎の高まりも察するとチュパッと口を離して添い寝してきた。

「上から入れて……」

仰向けになって言うので、次郎も身を起こして股間を進めた。

長い黒髪が白いシーツに映え、彼は均整の取れた美しい肉体を見下ろしながら、先端を割れ目に擦り付け、ゆっくり膣口に挿入していった。

ヌルヌルッと根元まで入ると、

「アア……、いい……」

由良子がビクッと顔を仰け反らせて喘ぎ、キュッときつく締め付けてきた。

次郎は股間を密着させて屈み込み、左右の乳首を交互に含んで舐め回してから、脚を伸ばして身を重ねていった。

由良子も両手を回し、彼の胸の下で乳房が押し潰れて弾んだ。

「考えはまとまったかしら」

由良子が、熱っぽい眼差しで見上げながら囁《ささや》いた。

「このまま残っても、悪いことはないよね。知らないうちに未来を変えてしまうとか」

「ええ、それは大丈夫。少々奔放に生きたところで、貴方の息子も孫も生まれる運命なのだから」

まだ動かずに訊くと、由良子が答えた。

「そう、ならば六十三歳に戻ってしまうより、このまま二十三からずっと生きてみたい。両親にも孝行したいし」

「それなら私も嬉《うれ》しい。一緒に、まほろばの移り変わりを見られるし」

彼が言うと、由良子が答え、愛液に満ちた膣内をキュッキュッと締め付けてきた。

次郎も快感に突き動かされ、徐々に腰を前後させて心地よい摩擦を味わいはじめた。

「アア……、じゃ、このままこの時代に残ってくれるわね……」

「ええ、そう決めます」

喘いで尋ねる由良子に答え、次郎も決心しながら腰の動きを速めていった。

次第に律動が滑らかになり、ピチャクチャと淫らな音が響き、膣内の収縮も活発になってきた。

高まりながら、上から唇を重ねて舌をからめると、

「ンン……」

由良子も熱く鼻を鳴らして舌を蠢かせ、激しくズンズンと股間を突き上げてきた。

もう言葉など要らず、あとはとことん快感を貪り合うだけである。

もちろん、この時代に残ることに後悔はない。むしろ、二度目の人生を送れることは願ってもないことだ。

由良子にしても、レポートを出しただけでなく、常に次郎がまほろばに尽くしてくれる方を望んでいるのだろう。

それに、未来を知った彼がずっと働けば、一度目の人生より地位も上がるだろうから、それが結果的に良枝や子供たちの幸福に繋《つな》がるのである。

「アア……、いきそう……」

由良子が口を離して喘ぎ、彼も熱く甘い吐息を嗅ぎながら動き、ジワジワと絶頂を迫らせていった。

そして肉襞の摩擦と、由良子の甘い吐息に包まれながら、先に彼は激しく昇り詰めてしまった。

「いく……！」

短く口走り、大きな絶頂の快感の中で、ありったけの熱いザーメンをドクンドクンと勢いよく中にほとばしらせると、

「き、気持ちいい、アアーッ……！」

噴出を感じた途端にオルガスムスのスイッチが入ったらしく、由良子も声を上ずらせ、ガクガクと狂おしい痙攣を繰り返しはじめたのだった。

次郎は心ゆくまで快感を味わい、股間をぶつけるように突き動かしながら、最後の一滴まで出し尽くしていった。

そして、すっかり満足しながら動きを弱めていくと、

「アア……、良かった……」

由良子も強ばりを解いて声を洩らし、グッタリと四肢を投げ出していった。

良かったという声は、四十年後に閉鎖と取り壊しを回避した、まほろばそのものの呟《つぶや》きのようであった……。

初出誌
「特選小説」
二〇一八年一〇月号〜二〇一九年三月号

実業之日本社文庫　最新刊

知念実希人
レゾンデートル

末期癌を宣告された医師・岬雄貴は、不良から暴行を受け、復讐を果たすが、現場には一枚のトランプが……。最注目作家、幻のデビュー作。骨太サスペンス‼

ち1 4

鳥羽亮
剣客旗本春秋譚　剣友とともに

老舗の呉服屋の主人と手代が殺された。探索を続ける中、今度は糸川の配下の御小人目付が惨殺された。糸川らは敵を討つと誓う。人気シリーズ新章第三弾‼

と2 15

南英男
強奪　捜査魂

自衛隊や暴力団の倉庫から大量の兵器が盗まれた。新宿署の生方警部が捜査を進める中、巨大商社にロケット砲弾が撃ち込まれた。テロ組織の目的とは……⁉

み7 11

睦月影郎
快楽デパート

デパートに勤める定年間近の次郎は、はずみで占い師を抱き過去に戻ってしまう。そこには当時憧れていたデパガ達が待っていた！　傑作タイムスリップ官能！

む2 10

森沢明夫
かたつむりがやってくる　たまちゃんのおつかい便

田舎町で移動販売をはじめたたまちゃん。しかし、悩みやトラブルは尽きない。それでも、誰かを応援し、誰かに支えられ、笑顔で走っていく。心温まる感動作！

も6 1

実業之日本社文庫　好評既刊

草凪優
欲望狂い咲きストリート
寂れたシャッター商店街が、やくざのたくらみによりピンサロ通りに変わった…。欲と色におぼれる不器用な男と女。センチメンタル人情官能！　著者新境地!!
く64

草凪優
地獄のセックスギャング
悪党どもは地獄へ堕とす！　金を奪って女と逃げろ!! ハイヒールで玉を潰す女性刑事、バスジャックを仕掛ける極道が暗躍。一気読みセックス・バイオレンス！
く65

沢里裕二
極道《クロ》刑事　新宿アンダーワールド
新宿歌舞伎町のホストクラブから女がさらわれた。拉致したのは横浜舞闘会の総長・黒井健人と若頭。しかし、ふたりの本当の目的は…。渾身の超絶警察小説。
さ35

沢里裕二
処女刑事　札幌ピンクアウト
カメラマン指原茉莉が攫われた。芸能プロ、婚活会社、半グレ集団、ラーメン屋の白人店員……事件はつながっていく。ダントツ人気の警察官能小説、札幌上陸！
さ36

沢里裕二
極道刑事　東京ノワール
渋谷百軒店で関西極道の事務所が爆破された。カチコミをかけたのは関東舞闘会。奴らはただの極道ではなかった…。「処女刑事」著者の新シリーズ第二弾！
さ37

沢里裕二
処女刑事　東京大開脚
新宿歌舞伎町でふたりの刑事が殉職した。その裏には、東京オリンピック目前の女子体操界を巻き込むスキャンダルが渦巻いていた。性安課総動員で事件を追う！
さ38

実業之日本社文庫　好評既刊

花房観音
萌えいづる
『女の庭』をはじめ、話題作を発表し続けている団鬼六賞作家が、平家物語をモチーフに、京都に生きる女たちの性愛をしっとりと描く、傑作官能小説！

は22

花房観音
半乳捕物帖
茶屋の看板娘のお七は、夜になると襟元から豊かな胸をのぞかせ十手を握る。色坊主を追って、江戸城大奥に潜入するが――やみつきになる艶笑時代小説！

は23

花房観音
紫の女《ひと》
「源氏物語」をモチーフに描く、禁断の三角関係。若い部下に妻を寝取られた夫の驚愕の提案とは（「若菜」）。粒ぞろいの七編を収録。（解説・大塚ひかり）
は24

葉月奏太
女医さんに逢いたい
孤島の診療所に、白いブラウスに濃紺のスカートを纏った、麗しき女医さんがやってきた。23歳で童貞の僕は診療所で…。ハートウォーミング官能の新傑作！

は64

葉月奏太
しっぽり商店街
目覚めると病院のベッドにいた。記憶の一部を失っていた。小料理屋の女将、八百屋の奥さんなど、美女と会うたび、記憶が甦り…ほっこり系官能の新境地！

は65

葉月奏太
未亡人酒場
妻と別れ、仕事にも精彩を欠く志郎は、小さなバーで未亡人だという女性と出会う。しかし、彼女には危険な男の影が…。心と体を温かくするほっこり官能！

は66

実業之日本社文庫 む2 10

快楽《かいらく》デパート

2019年4月15日　初版第1刷発行

著　者　睦月影郎《むつきかげろう》

発行者　岩野裕一
発行所　株式会社実業之日本社
〒107-0062　東京都港区南青山5-4-30
CoSTUME NATIONAL Aoyama Complex 2F
電話 [編集]03(6809)0473 [販売]03(6809)0495
ホームページ　http://www.j-n.co.jp/
DTP　ラッシュ
印刷所　大日本印刷株式会社
製本所　大日本印刷株式会社

フォーマットデザイン　鈴木正道(Suzuki Design)

ISBN978-4-408-55477-8（第二文芸）